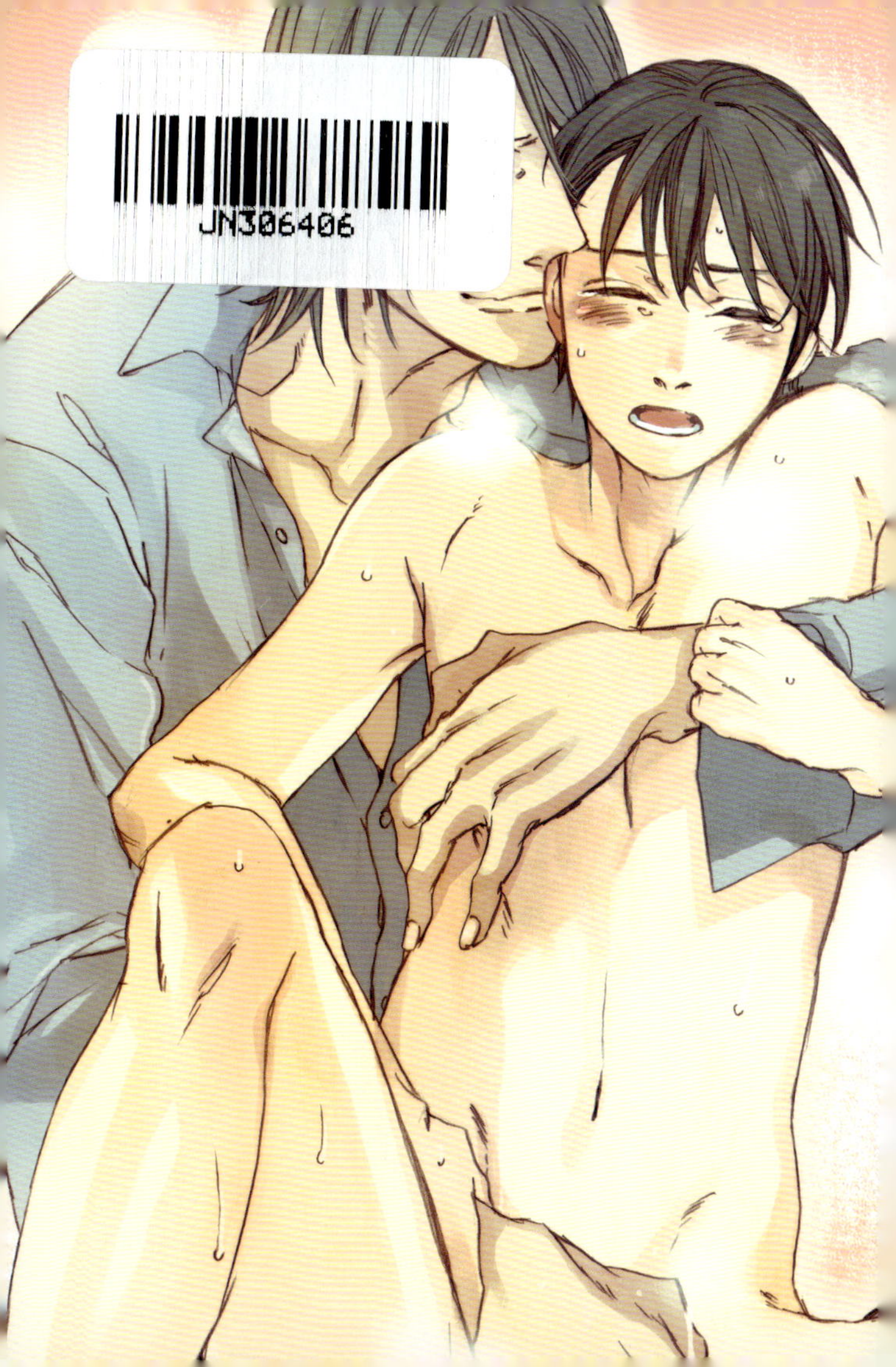

メランコリック・リビドー

砂原糖子

幻冬舎ルチル文庫

CONTENTS ✦目次✦

メランコリック・リビドー

✦カバーデザイン＝齊藤陽子（CoCo.Design）
✦ブックデザイン＝まるか工房

イラスト・ヤマダサクラコ✦

メランコリック・リビドー

中沢千夏史《なかざわちかし》には好きな人がいる。

この恋がいつ始まったのか知らない。気がついたら『恋』と呼ぶに相応《ふさわ》しいものになっていた。

その人はカメラマンをしている。フォトグラファーだ。主にファッション誌や、企業広告の仕事を請け負っていて、最近はタレントの写真集や音楽CDのジャケット写真と、華やかな仕事も増えている。ようするに、引く手数多《あまた》の売れっ子カメラマンだ。

年は九つも上の二十九歳。高給取りらしく、都心のオシャレな高層マンションに住んでいる。地味な理系の大学二年生で、まだ就職の話も話題に上らない千夏史からすれば、どこをどうとっても大人の男性だ。

そう、千夏史の想う相手は同性で、巷《ちまた》でいうところの同性愛だったりする。

ゲイだのホモだのいろいろと呼び名はあるけれど、そのどれもがしっくり来ないので、千夏史は口にしたことはない。好きになったのはその人だけで、ほかの男にドキドキやらムラムラやらはしたためしもないから、自分が同性愛者だとはあまり意識していない。

そもそも、片想いであるから同性でも問題はない。両親に交際を反対されたり、友人に距離を置かれるようになったり、カミングアウトのタイミングで一悶着《ひともんちゃく》、気まずい痴話ゲンカに発展したり——残念ながら、そんな問題は起こる気配もない。

密《ひそ》かに想うだけなら勝手だ。誰にも迷惑はかけてない。

それに、その人もノーマルではない。

彼はとてもモテる。それ以上に惚《ほ》れっぽい。性別という高い壁をひょいと乗り越え、男も女も好きだと言ってのける彼は紛《まご》うことなきバイだ。その守備範囲は広く、子供の二、三人いそうな熟女を家に招いているかと思えば、スーツ姿のキマった美青年を従えているときもある。

博愛主義なのだといつだったか自分のことを彼は言ったけれど、こと恋愛に関しては本当にそうだと思ったから、ついつられて頷《うなず》いてしまった。今考えると、あれは笑うか呆《あき》れるところだったのだろう。

背が高くハンサムで、人当たりがいいかと思えば皮肉屋。

女好きで、男も好きで、犬もおそらく猫も好き。酒は自宅にセラーを設けているほどのワイン好きで、ツマミは千夏史には絵の具でも食べているかのような味の、癖のあるチーズを好む。

嫌いなものは、魚類。大人の癖に結構な偏食らしく、洋食の付け合せの人参のグラッセに微妙な顔をしているのも見たことがある。変な味のチーズやら、添え物のクレソンやらパセリやらは積極的に食べるくせに変わってる。

それから、そう、忘れてはいけない彼の大嫌いなものが一つ。

彼は子供が嫌いだ。

理由は知らない。
自分も子供だから、知りたくもない。

◇　◇　◇

はぁはぁと上がりそうになる息を、千夏史は懸命に堪《こら》えながらそこに立っていた。

駅から目的のマンションまでつい小走りになってしまったせいで、エレベーターに乗っている間に整えるつもりだった息は、まだ上がったままだ。

つうっと細い首筋を汗が伝う。八月はまもなく終わるけれど、表はまだ連日真夏日が続いていた。ハンカチを求め、小柄な体に引っ提げた大きなショルダーバッグを慌ててごそごそやっていると、厚い玄関ドアが開かれる。

出迎えたのはキンと冷えたクーラーの冷気と、不機嫌そうな男の顔。

「なんの用だ、新聞なら間に合ってる」

日和佐明《ひわさあきら》は扉を開けるなり、いつもどおりの面倒臭げな声で言った。

今日は『新聞の勧誘』かと千夏史は思う。

「勧誘じゃないよ、明さん。ていうか、さっき下の入口んとこからインターフォンで話したのに。なんで俺だって判ってて、そういうこと言うかな」

いや、自分だから日和佐は言うのだ。来る者拒まず、門戸は大部分において開きっぱなしにもかかわらず、『子供』の自分に対してだけは素っ気《そっけ》ない。

日和佐と知り合ったのは、十年以上も前に遡《さかのぼ》る。小学生と高校生。九歳と十八歳だった。そんな大昔からの顔馴染《かおなじ》みを、『新聞の勧誘』扱いは冗談でもないだろうと思うけれど、日和佐との付き合いは最初からそんな感じだったので、実のところ違和感はあまりない。

「ほら」

不機嫌そうにしつつも大きく開かれたドアに、千夏史の気持ちは少しだけ弾んだ。会うのは久しぶりだった。ただの大学生と売れっ子カメラマンでは、そう接点などあろうはずもない。なにかしら理由をつけては押しかけてしまっているものの、それも度々《たびたび》は憚《はばか》られる。

大学はまだ夏休み中でも、今日は平日の水曜日。仕事の不規則な日和佐はいつ家にいるのか判らなかったけれど、千夏史には今日どうしても会いたい理由があった。

「明さん、あのさ……」

もう昼も一時を回っているのに起き抜けだろうか。日和佐の少し癖のついた長めの髪は明らかに湿っており、広い背が纏《まと》っているのはバスローブだ。風呂は確か朝に入るのが習慣だと言っていたけれど、今は朝ではない。

千夏史は、日和佐に着いて入ろうとして『あ』と息を飲んだ。

スニーカーの爪先《つまさき》で蹴《け》ってしまったのは、女物のパンプス。ヒールは九センチはあろうかというブロンズ色のメッシュのそれは、ほんの一突きでころりと転がった。

「もう帰るところだ」

慌てて元に戻そうとする千夏史に、日和佐は事もなく告げる。

――誰か来てるんだ。

気持ちが膨らみ損ねたケーキのスポンジみたいに、ぺしゃりと潰《つぶ》れていく。そのまま廊下の先の広いリビングに入ると、玄関のピンヒールの持ち主はキャミソール一枚の姿でソファに座っていた。

太腿《ふともも》も露《あら》わに足を組み、ほっそりとした煙草《たばこ》を手にした若い女は、ぎょっとした顔でこちらを見る。

「だ、誰？」

「知り合いのガキだよ」

その言葉は千夏史自身を『知人だ』と言っているのか、『知人の息子だ』ととぼけているのか判らない。女にとっては同じことのようで、『ふうん』とだけ言って煙を吸っては吐く作業に戻った。

どちらにせよ、注意を払うべき相手には見えないのだろう。

ジーンズにサックス色のTシャツ。左肩には、大学の図書室の本で膨らんだデカいショルダーバッグ。極めて洒落《しゃれ》っ気のない服装の千夏史は、社会人にはまるで見えない。

今でも、制服を着ればたぶん高校生に間違われる。さすがに中学生はないだろうけれど、見せかけだけでも早く大人の男になりたいと願っていた千夏史の意志に反し、身長は百六十とちょっとで止まってしまった。なにより、ひょろっと痩《や》せた体は時代にそぐわない欠食児童みたいで最悪だ。

縦にも横にも伸びない体。日和佐の知り合いの前に出ると正直気後れする。カメラマンという職業柄、日和佐の周囲にはぱっと目を引く華やかなタイプの人間が多い。

千夏史はあまりというか、まったく自分の容姿には自信がなかった。女性なら取り柄になりそうな母親似の小作りな顔も、男では貧弱なだけだ。おまけに黙っていると、子供っぽい顔にはアンバランスだからか、むすっとしてるとか可愛げがないとか言われる。

流行の服を自分が着たところで、滑稽《こっけい》なだけだ。現に高校に上がってすぐの頃、友人に誘われて行った店でお洒落に目覚めようとしてみたけれど、『お、どうした、今日は祭りでもあるのか？』という日和佐の反応にあえなく撃沈した。

以来、容姿のコンプレックスなんて感じていない素振りで、服には興味がないと言い張っている。

ただのやせ我慢の意地っ張り。

ようするに、やっぱり子供なのだ。

千夏史は居心地も悪く、部屋の入口で立ち止まっていた。目のやり場に困って直立不動でいると、女も落ち着かない様子で煙草を吸うピッチを上げる。

やがて、ソファの背凭《せもた》れに腰をかけた日和佐が帰りを促すように口を開いた。

「本当に送らなくていいの？　じゃあまた、電話するよ。今夜は君がいないから、一人寝で寂しくなってしまいそうだな」

女の髪に触れそうな位置に唇を寄せて言う。

聞いているこっちまで歯の浮きそうなセリフだ。『プレイボーイ』だとか『タラシ』だとか、すっかり死語に変わっている言葉が日和佐には本当によく合う。

女が身支度を調えて去った部屋には、香水と煙草の入り混じった匂《にお》いが漂っていた。深く息をすると噎《む》せ返りそうになり、千夏史はバルコニーに続く大きな窓を開ける。

部屋は日和佐にしては珍しく、雑然としていた。

シンプルだが質のいい、落ち着いた調度品の数々に家主の拘《こだわ》りの窺《うかが》える部屋は、いつもはもっととっつきにくいほどに整然としている。けれど、今はカメラの機材が入っているらしいハードケースやら、雑誌や旅行鞄《かばん》やらがそこらに放り出されていて、テーブルの上は女性との昨夜《ゆうべ》の宴がワイングラスや皿から窺える。

千夏史の視線に、窓辺で女を見送っていた日和佐が気がついた。

「ああ部屋、汚いか？　このところちょっと忙しかったからな。ロケで時間が不規則だったし、一昨日《おととい》から急に泊まりの撮影旅行も入ってさ」

先程の女性は、撮影に同行したモデルかなにかだろうか。日和佐の軽妙なトークに乗せられるうちに意気投合、なんて家まで流れてきた経緯は容易に想像できる。

「そうなんだ……さっきの女の人ってさ……年いくつ？」

「さぁ、知らないな。初対面の女性の年齢なんて気軽に訊《き》くものじゃないだろう。マナー違反だぞ。そうだな、二十七か八か……その辺だろうな。肌のハリぐあいからいっても」

肌のハリから年齢を推測するのはマナー違反ではないのか。

男女問わず、日和佐の部屋で見かける人間の年齢を問うのは、いつの頃からか千夏史の癖になっていた。

べつに知ってどうしようってわけじゃない。

ああ、みんな『大人』だな。

そんな自虐的な確認を心の中でひっそりするだけだ。

「これ、捨ててもいい？」

ソファの前のテーブルを命じられてもいないのに片づけ始めた千夏史は、グラスと灰皿を手に取った。女はどうやら昨日から結構な量を吸ったらしく、吸殻の何本も載ったガラスのシガートレイからはきつい匂いがしていた。

「明さん、煙草吸う人がいるのに部屋閉め切ってたら、禁煙した意味ないよ。小まめに換気しないと。ほら、副流煙も体によくないとかっていうし」

べつに嫌味ではない。数年前に煙草をやめた日和佐の健康を心配しての言葉だ。

けれど、小言にしか聞こえないに違いない。千夏史は普段から、一人暮らしは心配だとか不摂生過ぎるとか言っては、田舎から母親でも押しかけるみたいに家を訪ねていた。

いつの間にかできあがった世話焼きのポーズ。そうでもしなければ顔を合わせる理由がない。

「相変わらず小姑《こじゅうと》みたいな奴だな」

「俺だって余計なことは言いたくないよ。明さんが心配になるようなことばかりするからだろ。さっきの女の人だって……こないだの人はどうしたの？　なんで一人の人とちゃんと付き合わないの？」

日和佐は煩わしげな視線を千夏史に向けてくる。

「小姑じゃなくて姑レベルか。あっちだって本気じゃないんだ、ちょうどいいんだよ」

「本気じゃないのに、『好き』とか『また会いたい』とか言うの？」

「『嫌いです』って顔でセックスすんのか？　『もう会いません』って言いながら送り出すのか？　どうせ一晩限りなら、お互い気持ちよく盛り上がって別れたほうがいいに決まってるだろ」

「……フケツ」

口を突いて出た単語に、日和佐は眉根《まゆね》をくっと寄せた。

「不潔って、おまえどっからそんな言葉……いくつのお嬢さんだよ。年のわりに言うこともやることも老けてるって言われないか？　だいたい男子学生が人の部屋と女の心配して、灰皿まで片づけるってどうなんだ。しかも、副流煙って……ていうか、おまえなにしに来たんだ？」

不意打ちに千夏史は焦る。勢い込んでやって来た理由ならあるのに、いざ目の前にすると尻込みしたみたいになる。

「新聞の勧誘じゃないよ」

「それは判ってる」

「誕生日なんだ」

「え？」

「誕生日。八月二十五日。今日で二十歳になったんだよ。俺の誕生日、知ってるだろ？」

自分の誕生日であってもおざなりで忘れてしまいそうな男は、少し考える間の後に応える。

「ああ、そうか……今日、二十五日か」

「明さん、俺はもう大人だよね？」

「法律上はな」

「法律って……」

「酒も飲める。タバコも吸える。犯罪犯したら行く先は刑務所だ。少年刑務所を味わう機会は残念ながらなくしたみたいだな……ああ、あっちは十八歳までか？　とにかく、おめでとう」

日和佐はわざとらしく肩を竦《すく》めて見せた。

のらりくらり。まるで話の核心を避けるかのように、器用に話を煙に巻こうとする男に、千夏史は声を大きくする。

「明さん！　そうじゃなくて、俺はもう大人だろ？」

「だから、国はそう言ってるって」

「国じゃなくて、俺は明さんに認めてほしいんだよ。俺が大人になったら、『保留』はやめてくれるんじゃなかったの？」

「おまえなぁ、まだそんなこと言ってんのか」

そんなこと。

そのために、自分は息切らして走ってきたのだ。

「千夏史」

日和佐は、ソファの背凭れに脱ぎ捨てるように投げかけていた薄手のジャケットを取り上げた。

「……なに？」

「誕生日プレゼントだ。欲しい物でも買え」

ポケットから取り出されたのは革財布。一万円札を無造作に突き出され、やや強引に手渡される。

「貯金とかしみったれたことすんじゃないぞ」

「……普通逆じゃないの？　くだらない無駄遣いはするなって言うところだろ」

「俺はおまえの親でも親戚でもないからな」

べつに誕生日を祝ってもらおうと思って押しかけたわけじゃない。けれど、突っ返したところでおそらく気分は晴れない。

千夏史はジーンズの尻ポケットから取り出した二つ折りのナイロン財布に押し込みながら、現金なんてもらっても少しも嬉《うれ》しくないのにと思った。そのくせ、手前の札スペースに一旦は入れかけた札を、その後ろの、レシートが数枚紛れ込んでる普段は使わない場所に移し替える。

なんの変哲もない、ピン札ですらない紙幣を、日和佐からもらったというだけで区別してしまう。

「もうちょっと嬉しそうな顔しろよ」

「ありがと」

「笑顔がない」

長い足で小突かれた。かくんと膝《ひざ》がなってよろけると、前のめりになって突き出した頭を

ぽふっと大きな手が叩《たた》く。

まるでというか、まさに子供扱いだ。

眼前に迫った日和佐のバスローブの襟元に、女が残したらしい赤い鬱血《うっけつ》の痕《あと》まで見つけてしまい、千夏史は思わず顔を背ける。

何事もなかったかのようにソファに腰を下ろした男は言った。

「千夏史、誕生日プレゼントをせびりに来るのもいいけどな、おまえはいつまでここに来るつもりなんだ？」

「え、いつまでって？」

「由多夏《ゆたか》が死んで何年だ？　いつまでも死んだアニキの友達と付き合うなんて、妙な話だろう」

不意の言葉に、心臓が嫌な感じにどきんとなった。

素知らぬ顔で戻り、テーブルの片づけの続きを始める。

「そうかな。俺はべつに兄さんの友達だからって、明さんの家に来てるわけじゃないよ。だいたい、俺が明さんと最初に仲良くなったの、兄さんは関係なかったし」

「そうだったか？　ていうか、おまえと仲良くした覚えはないし。言ってるだろう、俺は子供は嫌いなんだ」

「だから、あんとき『保留』にしてくれるって言ったじゃないか。俺が大人になったら、ガキ扱いはやめるって……」

「あんときって、いつの話だよ？」

「……十一年前」

小学生と高校生。九歳と十八歳だった頃の話だ。

日和佐ははぁっと息をつく。

「千夏史、おまえな、年寄りじゃないんだからそんな昔話してんじゃないよ。若者は前を見ろ、前を。いつまでオッサンのケツをちょこまか雛鳥《ひなどり》みたいに追い回してるんだ」

「明さん、オッサンなの？」

「おまえに比べたらな。だいたい、『保留』やめてどうするんだ。今から友達にでもなろうっての？　とにかく、あんまり用もないのに来るのは……」

用があればいいのか。

もっと正当なこの家に通う理由があれば、受け入れてもらえるのか。

重ね合わせた白い皿が、体を起こした拍子にカタリと鳴る。振り返って背後を見た千夏史は、日和佐の顔を見ると思わず頭に上ったことをそのまま言葉にしていた。

「そうだ俺、お手伝いさんやろうか？」

「は？」

「明さんの付き合う女の人って、みんな家事なんてするタイプじゃなさそうだし。明さん、綺麗《きれい》好きでしょ？　仕事忙しくたって、部屋は片づいてたほうがいいでしょ？」

「だからって、なんでおまえの世話にならなきゃならないんだ」

引き下がれない。負けたら二度と敷居は跨《また》がせてもらえない気がして、必死になる。

「お、お金！　お金いるんだ」

「金？」

「うん、バ、バイト、急にクビになってしまってさ」

「バイトって、駅前のカラオケ屋か？　今時バイトぐらいほかにも見つかるだろう。なにも俺の家で働こうなんて……」

どうせ駄目だろうと思っていた。

なのに出し抜けに日和佐は態度を変えた。

「ふうん、いいよ。判った」

思わずえっとなる。

「ど…ういうこと？」

「判ったって言ってるんだよ」

「い、いいの？」

「ああ、おまえがそんなしょぼいバイトでいいっていうならな。そうだな、そのテーブルはいいから、まず手始めは向こうの部屋から片づけてもらうか」

なんだか気持ちが悪い。

リビングの奥の、背の高いパーティションで区切られた空間の向こうには扉がある。日和佐の寝室だ。指示に従って向かい、そこはかとない嫌な予感を背負ったままドアノブに手をかけ——

扉を開いた千夏史は目にした光景に思わずうっとなってしまった。

家具も少ないホテルのように洗練された部屋は、整えるべき対象物といったら、中央のベッドのみ。

激しく寝乱れたベッドだ。

周りが綺麗なだけに、余計に際立つ。

「どうした？　おまえの手には負えそうもないか〜？」

間延びした声に、日和佐の意図を悟った。

悪趣味だ。振り返らなくとも、自分をからかう表情をしているのが判る。

千夏史は無言で部屋に入ると、シーツを引き剝《は》がし始めた。

リビングから掃き出したばかりの匂い、あの女性の残り香がプンと鼻を突いた。


日和佐との出会いはある日突然だった。

十一年前、千夏史が小学校三年生のときだ。ようやく日差しがやわらいできた九月、土曜の午後だった。

昼ご飯の後に『遊びに行ってくる』と言って家を出た千夏史が、買ってもらったばかりの自転車で町内をぶらり一周でもしようと駐輪場に向かうと、そこに見知らぬ男がいた。

千夏史の隣の自転車の荷台に、ぼんやり腰を下ろしていた。

「なんだ、これおまえの自転車か？」

千夏史は首を振った。

「だったらガキは向こうに行け、ここは俺の縄張《なわば》りだ」

否定したものの、千夏史は隣の自転車が男の物ではないのに気づいていた。名前が書いてある。男はどう見てもサトウミサキではない。

「でもそれ、おじさんのでもない」

「おじさん？　お兄さんだろ」

よく見れば、男は千夏史の兄と同じ高校の制服を着ていた。流行なのか知らないけれど、長めのレイヤーの入った明るい色の髪に、全体的に緩い着こなしの薄いブルーのカラーシャツとネクタイ、そしてズボン。真面目《まじめ》で模範的な兄とは随分《ずいぶん》雰囲気が違うから、千夏史は同じ服であるのにすぐに気づかなかった。

千夏史が自分の自転車を出し、ぶらり町内一周旅から戻ってきても男はまだいた。

ちらちらと見る千夏史は、また好奇心に負けてしまった。

「ねぇ、おじ……お兄さん、なにしてるの？」

あからさまな溜《た》め息《いき》をつかれた。

「用がすんだなら、あっちに行け。俺は子供は嫌いなんだ」

「ど、どうして？」

「頭が悪い」

「あたま……僕、フツウだよ」

男はふふんと鼻で笑う表情を見せた。

「普通？　炊事洗濯できるのか？　自分で稼いだ金、十円でも持ってんのか？　微分積分は？　薔薇《ばら》って漢字書いてみろ」

こんな反応をする人間は初めてだった。それに、なんだか途中から変だ。

「そ、それフツウなの？」

「さぁな。とにかく俺は子供は嫌いだ。子供は身の程を知らない。くだらないことを、さもヒーローにでもなったかのように得意満面の顔をする。おまえもそのチャリンコ転がしたぐらいで地球でも救った気になってんだろう」

びっくりした。そのとおりだったから、心臓が止まりそうなくらいどっきりした。買ってもらったばかりの自転車を走らせるうち、千夏史は町内をパトロールでもしているかのような気分になっていた。

そして、そんなことを言い出す大人はやっぱり初めてだった。

「おまけにすぐに泣く。思いどおりにならないと、ぴーぴー泣き喚《わめ》いて大人をヒール扱いだ。どうせおまえも泣くつもりだろう？　構ってもらえないからって、泣いてママに告げ口か？」

ほらみろと言いたげに、男はまた笑った。

「泣いてない」

「泣きそうになってんじゃないか。いいから泣けよ、だから俺はガキは嫌いなんだ」

「泣いてないだろ、バカっ！」

急に大声を上げた千夏史に、男は面食らった顔をした。

変なところで意地っ張り。千夏史は両手を握りしめて拳《こぶし》を作った。唇をぎゅーぎゅー嚙《か》む。手のひらに食い込んだ爪や、嚙んだ唇が痛くて、男の言葉にイジケるどころじゃなかった。

「……変なガキ」

男は必死で涙を堪える千夏史から、ふいっと視線を逸らし、元どおりのぼうっと空を眺める作業に戻った。千夏史は隣で自分の子供用自転車のサドルに座る。

家に帰ってしまえばよかったけれど、そうしなかった。泣くまいとした少し唇を尖《とが》らせた顔のまま、まるで張りつくみたいに隣にじっと座る。なんだかムキになってしまったのと、あまり家に帰りたくないからだった。

千夏史は、その頃からふと家に居たくなくなるときがあった。

父はちょっと仕事に忙しい人だけれど、母は料理上手な専業主婦で、年の離れた兄の由多夏は優しく頭のいい、できた高校生。なんの問題もない家庭環境だったはずなのに、千夏史は時々居心地が悪かった。

揃《そろ》って食卓につき家族でテレビを観《み》ていると、兄は決まって『千夏史、なにが観たいんだ？』と訊いてくる。アニメでも特撮でも、千夏史の希望を優先しようとする。

違和感を覚えた。余所《よそ》の兄弟はみんな年が近くて、テレビのチャンネルや夕飯のおかずを巡っても、奪い合ってケンカになったりと、子供らしい血気盛んなところばかり見ていたからかもしれない。

兄は優しくて、家ではなんでもすべて自分の言うとおりにしようとする。

母はそんな兄をことあるごとに褒め、自分をしっかりしなさいと窘《たしな》める。

『お兄ちゃんはすごいわね。お兄ちゃんを見習いなさいね。お兄ちゃんがいてよかったわね』

お兄ちゃん、お兄ちゃん、お兄ちゃん。

兄は好きだった。母も嫌いじゃない。

でも、ときどき居心地が悪い。

全部、自分だけ家族の中で幼いから悪いのか。

「アホみたいに天気がいいな」

無言でどのくらい並んでいただろう。

唐突に男が呟《つぶや》き、千夏史ははっとなって隣を仰いだ。

「暇だな。おまえも暇なら、なんか面白いことやって時間潰すか？」

「お、面白い……ことって？」

男はぐるりと周囲を見回した。

「そうだな、久しぶりにアレやるか」

「あれ？」

「自転車の空気抜き。タイヤをぺしゃんこにして回るんだ」

「ぺ……ぺしゃんこにしてどうするの？」

「べつにどうもしない。一通りぺしゃんこにしたらおしまいだ。そこの銀色のも、そっちのオレンジ色のも、おまえの青いそいつも」

ニヤリと笑われ、千夏史は思わず自転車を守るようにハンドルを握りしめた。

「そ、そんなの、なにが楽しいの？」

「だから、暇潰しだって。驚いて困った顔を楽しむんだよ」

「わ、悪いことだよ。ケーサツに捕まるよ」

「ケーサツは嫌だな」

そう言いながらも、男はなんだか楽しくなったみたいに笑い出した。

「今更《いまさら》、中坊のときと同じことやってもしょうがないか。なんか、変わったこと……ああ、あれがいい。おまえ、アレ、取って来い」

当たり前のように命じられ、千夏史は思わず従ってしまった。男が示したのは、駐輪場の端。鉄板屋根の柱に立てかけるように置かれた、自転車の空気入れだった。

「こんなものどうするの？」

手押し式の、千夏史の家にもある極普通の空気入れだ。古くて少し錆《さ》びたそれをがしゃがしゃ言わせながら抱えて戻ってくると、男は『よ』と声を上げて立ち上がった。

「空気を入れる」

「へ？」

「チビ、来い。一番空気の抜けてそうな自転車を探すんだ」

訳が判らなかった。判らないまま、悪巧みに加担させられた。

男が始めた退屈凌《しの》ぎは、タイヤのへたれた自転車に空気を入れることだった。果たして悪事と言えるのか。でも、男は勝ち誇った顔をしていたし、他人の自転車を勝手に弄《いじ》っていいはずもない。

「おまえの番だ。言いだしっぺはおまえなんだから、四の五の言わずに手伝え」

空気を抜くのは悪いことだと言っただけで、入れろなんて言っていない。理不尽なものを感じつつも、『理不尽』なんて言葉を持ち出して反論するだけの知力もない千夏史は、自転車を前に空気入れのバーをせっせとプッシュした。

十数階建ての四棟からなるマンションの駐輪場は広い。タイヤのへたれた自転車の何台もに二人で空気を入れたけれど、小一時間かけてその間に持ち主がやって来たのは一台だけだった。

しかも、異変に気づく様子もなく、すいっと乗り心地のよくなったはずの自転車を出していった。

「今のオバハン、全然判ってなかったな。あの自転車の空気入れたのおまえだろ。空気の入れ方が甘いんだよ、もっとパンパンになって滑りこけるぐらい入れろ」

「そ、そんな……」

「まあいい。今日はこのくらいにしといてやるか」

誰に向かって言っているのか。千夏史か、自転車の持ち主か、それとも並んだ自転車そのものに対してか。

男は知らん顔で駐輪場を出て行く。そのまま帰ってしまうのかと、置いてけぼりになったような気分で跡を追えば、男はすぐ傍《そば》の自販機の前で足を止めた。

「ほら」

缶ジュースをひょいと投げるみたいに手渡してくる。

「ありがとう」

「ありがとうじゃないだろ、百二十円だ」

「え、お、おかね!? 持ってない」

「なんだ、たった百二十円も持ってないのか？　しけたガキだなぁ」

千夏史は素直に慌てた。

「ごめんなさい、か、返す」

「今更返されても困る。そんな甘ったるいもの飲めるか。今度会ったときに利子つけて払えよ？」

「りし？」

「いちいち説明させるな。あったま悪いガキだな。とにかく、今度会ったときに倍返しだ」

千夏史は、小さな缶コーヒーのプルトップを押し上げている男を見上げた。

頭が悪いのはこの人のほうだと思った。名前も部屋番号も知らない。今度なんていつかも判らない。自分が逃げてしまったらそれっきりなのに——

「なんだ、チビ？　文句あるのか？」

千夏史はぶるぶると首を振った。

手にした缶を頰《ほお》に当ててみる。結構な重労働で火照《ほて》った頰に、缶はひやっと冷たくて気持ちがよかった。

「早く飲め」

「う、うん」

ちびちびとその場でオレンジ味の炭酸飲料を飲み始めながら、隣で満足そうに缶コーヒーを飲む男を千夏史は窺う。

思ったよりも高い位置に男の顔はあった。

兄よりずっと長身で、肩幅も広い。骨格からして、千夏史の周囲の誰とも違う。制服を着ていなかったら、きっともっと大人に見える。男の手にしたひどく苦そうな真っ黒い色の缶コーヒーが、余計そう思わせたのかもしれなかった。

ジュースを飲み終えた後、別れて千夏史は家に帰った。

翌日から駐輪場を通りかかると男のことを思い出した。学校へ行くときも戻るときも。用もなく駐輪場を覗《のぞ》いて見る。男の姿はない。気が抜ける。その繰り返しで曜日は過ぎていき、もう来ないのかもしれないと思い始めた翌週の土曜日、千夏史は自分の青い自転車の隣に男を見つけた。

「なんだ、またおまえか。そんなに自転車の空気入れたいのか？」

男は千夏史を見ると、やっぱり不機嫌そうに言った。けれど、また一緒に自転車のタイヤを膨らました。その日も、結局タイヤの異変に気づく住人は現われず、誰の驚いた顔も困った顔も見ることはできなかった。

百二十円の借金のことは、別れ際まで一度も男は口にしなかった。それどころか、帰りにまたジュースを手渡され、借金は二百四十円になった。

次の土曜も男はいた。その次も。毎週末に男は現われた。たぶん学校帰りなのだろう。千夏史の兄と同じ高校なら、土曜日も午前中は授業があるはずだ。

いつも制服姿の男は、雑誌を読み耽《ふけ》っていたりもしたけれど、大抵はなにもせずに自転車の荷台に座り、ただぼんやりと空を見ていた。

なにを目的に自転車置き場にいるのか。最初のうちは気になっていたのに、理由なんていつのまにかどうでもよくなっていた。

顔を合わせると、一緒になって自転車に空気を入れる。

「お兄さん、教えてよ。名前なんていうの？」

月が変わり、十月も半ばを過ぎた頃、ようやく男は名前を教えてくれた。

「アキラ様」

「あきら？」

「アキラ様だって言ってるだろ、様までが名前だ」

「嘘《うそ》だ。そんな変な名前つけるはずないもん」

「よく言うよ、おまえらの年頃なんか珍名ばっかの癖して。どうせおまえも変な名前だろ？」

「千夏史だよ。フツウだよ、ちゃんと漢字も書ける」

興味なさそうな男の袖《そで》を引っ張り、自転車置き場の柱を指でなぞって教えた。埃《ほこり》まみれだったこげ茶色の鉄柱は、描いたとおりに名前を浮かび上がらせる。

「千夏史」

男は柱の文字を読み上げた。

どうしてだろう。それだけなのに、どきりとした。

家でも学校でも、みんな呼んでいる自分の名前が急に特別なものにでもなったかのように感じられた。

「あのさ、アキラって呼んでもいい？」

「はぁ!?」

「アキラ様でもいいよ。ね、俺たち仲間だよね？」

自転車の空気入れ仲間。随分と間抜けだけれど、邪険にしながらも何故《なぜ》か行動を共にしてくれる男に、妙な親近感を覚えた。少年はいつの時代も、『冒険』やら『仲間』やらに漠然と夢抱《いだ》いているものだ。

「冗談だろ。おまえと仲間になった覚えはない。俺は子供は嫌いだ」

「でも、じゃあなんで一緒にいるの？」

「暇だからだ」

「暇なのになんでここに来るの？」

食い下がる千夏史に、男は溜め息をついた。『これだから子供は』とかなんとか、言っていた気がする。

「判った。じゃあチビ、おまえが大人になるまで保留にしてやる」

「ほりゅう？」

「問題を先延ばしにするって意味だ」

ますますややこしくてよく判らなかった。

「ほりゅうっていうのやったら仲間になれるの？」

「保留をやったらなれるんじゃない。おまえが俺の嫌いなガキじゃなくなったら、考えてやるって言ってるんだ」

「ふうん、なんだかよくわからないけど、わかった。やる」

千夏史は判らないくせに大きく頷いた。

そしてその日も、空が夕焼けに変わる前に男と別れて家に帰った。塾に行っている兄の帰宅前に、戻って宿題か家事の手伝いの一つもしていないと、母に小言を言われるからだった。

風呂掃除の手伝いの後、母親から月に二度のお小遣いをもらい、ふと借金のことを思い出した。

もう駐輪場にはいないだろうな。そう思いつつも家を出ると、ちょうど隣のジョシダイセイとかいうのになったばかりの娘が帰宅したところに出くわした。

「ママ〜、ねぇ自転車の空気入れてくれたぁ？」

千夏史は飛び上がりそうに驚いた。

玄関ドアを開いたまま、娘は靴を脱ぎながら家の中に叫びかけている。

「ウソ！　乗り心地違うもん、なんか漕ぐの楽になってる！　絶対誰か空気入れてるってっ！」

千夏史は知らせなきゃと思った。彼女は困っているというより、喜んでいる気がしたけれど、とにかく『アキラ』に知らせなければと使命感に駆られ、エレベーターへ急いだ。

まだいるだろうか。

来週まで会えないだろうか。

千夏史は通路を走った。エレベーターを待っていられず階段を駆け下りた。

駐輪場へ急ぐ。

早く、早く。空は深い茜色《あかねいろ》に染まっていて、木々や建物はまるで今日一日の役目を終えたとでもいうように、暗い影になろうとしていた。

見慣れた背の高い男のシルエットが駐輪場の中に見えたとき、千夏史の気持ちは激しく高揚した。『アキラ』はどんな顔をするだろう。隣のジョシダイセイが喜んでいたと伝えたら、満足そうにするのか、がっかりするのか。

けれど、伝えることは叶《かな》わなかった。

「日和佐、おまえよく飽きないね」

声をかけようと、駐輪場に飛び込んだ瞬間、千夏史は『アキラ』のものではない、けれどとてもよく知る声を聞いた。

兄の由多夏だった。

「なんでいつもこんな場所で待ってるんだ？」

「俺が塾の前で待ち伏せてたら困るだろうと思って。こんなところ見られたら、変な噂《うわさ》立っちゃうかもよ？」

同じ制服を着ているのに、二人はまるでちぐはぐだ。由多夏はどんなときも凛《りん》として見えて、今も絡んでくるナンパ男を窘めてでもいるみたいだった。

けれど、衣替えをしたばかりのブレザーの肩に『アキラ』が両腕を投げかけ、回した手で首筋を引き寄せるような仕草をした瞬間、兄はふわりと笑んだ。

「逃げないの、中沢？」

「逃げてほしいわけ？」

「なに、ついに本気で惚れちゃった？　毎週健気《けなげ》に待ちぼうけしてる男に絆《ほだ》された？」

「さぁ、どうかな」

くすくすと由多夏は笑う。

そんな風に笑う兄を、千夏史は初めて見た。

兄のすべすべした肌の白い顔を、夕日がまるで包み込むみたいに照らしている。薄っすら笑んだ男が、すっと引き合う磁石のように顔を寄せ、千夏史の心臓は意味も判らずどくどく鳴った。

綺麗だった。

どきどきしていた。

同時に、なんだか苦しかった。

『アキラ』は、ここでずっと兄を待っていたのだ。そのために自転車に座って、遠い空を見上げていたのだ。


キッチンをぐるりと見渡し、日和佐は溜め息をついた。

「あのバカ、どこに移動させたんだ」

久しぶりのオフ日である今日は家事の一つもするつもりだったのだが、その必要も押しかけのハウスキーパーのせいでなくなってしまった。

夕方六時過ぎ。日和佐は、千夏史の帰った後の部屋で困惑する羽目になった。少し癖のあ

るワインを飲みたい気分だったのだが、目当ての瓶《びん》を開けようにもワインオープナーが見当たらない。出しっぱなしになっていたはずのカウンターの上は、やけに見晴らしがよくなっている。

ありがた迷惑とはこのことだろう。早々に探すのを諦《あきら》め、代わりに冷蔵庫から缶ビールを取り出した。

「ハウスキーパーねぇ」

日和佐はべつに家事は好きではないが、苦でもない。他人にやらせるぐらいなら自分でやったほうが手っ取り早かったし、現に一人暮らしを始めて十年以上そうしてきた。

もうすぐ三十になるが、結婚願望は皆無。誰かが食事の匂いをさせて待っている部屋を、想像したこともなければ憧《あこが》れたこともない。それよりも、雰囲気のいいレストランで着飾った女性と話すほうが魅力を感じたし、綺麗にメーキングしたベッドの上でその服を剝いでいく瞬間はもっと楽しかった。

言ってしまえば、日和佐にとって、プライベートで付き合う女性はデートやセックスの相手でしかない。男もそうだ。家庭的なところなど、誰にも望んじゃいない。

ビールのプルトップを押し上げながら、日和佐は部屋を移動する。揺らしたせいで泡が噴き出し、慌てて口をつけたが手首と着替えたばかりのシャツの袖を少し濡《ぬ》らしてしまった。

「まいったな」

タオルを取りに行くのは面倒で、手首を舌で舐《な》め拭《ぬぐ》う。

他人の片づけた部屋ではどうにも落ち着かない。

それとも掃除をしたのが千夏史だからか。

最奥のベッドルームに入った日和佐は、ホテル並とまではいかないがそれなりに綺麗にシーツやカバーの替えられたベッドに腰を下ろす。さらりとしたモノトーン色のカバーを一撫でてすると、また溜め息が零《こぼ》れそうになり、ビールで押し流した。

千夏史には潔癖なところがある。

正直、『冗談じゃない』と言って帰るだろうと踏んでいた。

「……二十歳か。俺も年取るわけだ」

二十歳にしては千夏史は童顔だ。よくも悪くも、男臭さがない。自分の前ではいつもむすっと不貞腐《ふてくさ》れたような顔をしているが、あどけない顔立ちで、全体的に体つきも華奢《きゃしゃ》なせいか年齢よりずっと幼く見える。

自分があの年齢の頃はどうだっただろうと日和佐は思い返し、普段は記憶の底に眠っている男の面影がゆらゆらと脳裏に浮上するのを感じた。

日和佐はふらりと導かれでもしたみたいに、目についた壁面のラックのほうへ歩み寄る。屈んで手を伸ばしたのは、下段の箱だった。

茶色の革の箱だ。二十センチ四方ほどの大きさで、ひどく色褪《いろあ》せているが、実家にあった頃から変色していた。

日和佐は箱をただじっと見つめる。

鍵《かぎ》などないただの蓋《ふた》は、ほんのちょっと指で上げるだけで開くだろうけれど、もう長い間開けてはいなかった。べつに封印したとか、そんな大層な意味はない。ただなんとなく開けたくなくなっただけだ。

開けなくとも、中身のことはよく知っている。見なくても判るものを、わざわざ見る必要はないだろう。

昔、この箱に意味を持たせたのは千夏史の兄だ。

七年前まで、この世には中沢由多夏という男がいた。

千夏史の兄であると同時に、自分の恋人だった男。高校の同級生で、三年生の初めから、由多夏が病気でこの世を去った二十二歳まで付き合っていた。

といっても、恋愛感情で結ばれていたのか未《いま》だに判らない。

由多夏はあまりにも摑《つか》めない男だった。最初のきっかけは、日和佐が時間潰しに利用していた校舎の屋上に、由多夏がやってきたことだ。

「俺にもそれ、一本ちょうだいよ」

ありがちな話だが、出入り禁止の屋上でやることといったら昼寝か喫煙ぐらいのもので、青空に向けて煙を立ち上らせていたところ、そんな風に声をかけられた。

学生時代の日和佐は、あまり真面目ではなかった。はっきり言って不真面目。家庭環境もよくはない。

父親は記憶になく、母親は惚れた男を追いかけて度々行方《ゆくえ》をくらましてしまうような、恋愛依存体質の女だった。

子供がまともに育つわけがない。いや、育ってしまっては、真面目に子育てしている一般家庭が気を悪くする。

そんなわけで、日和佐は高校ではよく授業をさぼっては、義務のように屋上で煙草を吸っていた。

そこへ由多夏がやってきた。

クラスは同じだが、ほとんど言葉を交わしたこともなかった由多夏はいわゆる優等生で、立ち入り禁止の屋上も、荒《すさ》みアイテムの煙草もまるで似合っていなかった。手にすると、『思ったよりきついの吸ってるんだね』と言いながら火を点け、給水タンクを背に白い煙を立ち上らせた。

興味を引かれた。どこか儚《はかな》い容貌《ようぼう》をした由多夏は、見目も美しい男で、すぐに日和佐は手に入れたいと思うようになった。

親の影響か性には緩いところがあって、気になるものは触れてみたくなる。

最終的に、由多夏が付き合う条件に出したのは、つまらない賭《か》け事だった。

どこで手に入れたのか、小さな外国のコイン。由多夏は一枚取り出し、『賭けようか？　もしリーフの裏が出たら君と付き合ってもいいよ。もちろん、セックス込みで』と冗談みたいなことを言った。

二分の一の勝率をモノにし、日和佐は由多夏を手に入れた。

お堅い優等生のイメージが取っ払われ、すっかり小悪魔の尻尾が見えるようになった男。体の相性は悪くなかったらしく、それから発情期の猿にでもなったみたいに、セックスに明け暮れて付き合ったけれど、由多夏の気持ちはよく判らないままだった。

コインの表裏なんて、ふざけた方法で手に入れたのだから、当然といえば当然か。

恋人とは名ばかりの、セックスフレンド。由多夏は息抜きに煙草を求めてやってきたように、自分の存在を丸ごとストレスの捌《は》け口にしたのだろう。大学生になっても、学校では模範的な学生、家では理想的な長男で通しているようだった。

そうやって社会人になればエリートコースを歩み、そのうち上司の娘とでも結婚。『愛人でやっていこう』なんて言い出すつもりかと思っていた矢先、由多夏が病気になった。

倒れて病院に運び込まれ、検査の結果、脳に腫瘍《しゅよう》があることが判った。

悪性だった。生存率の低い、質《たち》の悪い腫瘍で、病名も余命が宣告されていたことも、日和佐は由多夏が死んで随分経ってから知った。

千夏史も、本人さえも知らされずにいたらしい。両親が告知を迷っている間に、由多夏は逝《い》ってしまったのだ。

頭のいい男だった。由多夏は病気について薄々気づいていただろうと思う。余命は半年と診断されていたらしいが、まるで先を急ぐかのように三ヶ月で逝ってしまった。

あっさりとこの世を去ってしまった男。そんなところも掴みどころのなかった由多夏らしいと、後になって少し思った。

あれからもう七年が過ぎた。

唯一、興味の持てたカメラを扱う仕事に、高校卒業と同時についていた日和佐は、アルバイト以下の待遇のアシスタントから、頭角を現わしていった。基本的に器用で、カメラにおいても人間関係においても柔軟性の塊の日和佐は仕事には事欠かず、話題になるだけの華もあった。

置かれた状況も仕事も、目まぐるしく変わっていく。感傷にどっぷり浸って生きるには、人生は長過ぎる。過去は処分することさえ忘れた流行遅れの服のように、クローゼットの――記憶の奥へと追いやられた。

なのに、千夏史を前にすると、由多夏のことはひょいと頭を覗かせる。顔立ちも振る舞いも似ても似つかないのに。千夏史は今も兄を品行方正な男だったと思っているようだが、真面目が服着てるのは弟のほうだ。

千夏史は、なにかと理由をつけてはマンションへやってくる。バイトで遅くなって終電を逃したとか、学生らしい理由のときもあるけれど、大抵はまるで面倒見のいい近所のおばちゃんみたいな理由だ。

九つも年下のくせして。

自分に会う理由など、本来であればなに一つないだろうに。

もうずっと傍にいる。

「……バカな奴だな。なんだって、俺なんか……」

知らずして、日和佐は呟く。続けそうになった言葉はビールで喉奥《のどおく》に流し込んだ。


「中沢くん、君だけが頼みの綱なんだよ！」

レジカウンターの上にぼんやり置いていた手を、店長の男に取られそうになり、千夏史は反射的に後ずさった。

「そんなこと言われても困ります」

以前から、頭が痛いだ腹が痛いだと休みがちだった学生バイトがあっさり二人も辞めてしまったのは、運悪く日和佐の家でのハウスキーパーを決めた翌日だった。

以来、カラオケボックスのバイト時間は、減らせるどころか増える一方だ。

「新しい子が入るまでだけでも！　ね、考えてよ深夜勤務！」

とても自分までバイトを辞めたいなどと言い出せる空気ではない。

「判りました。少しなら……でも、新しいバイト早く増やしてくださいね？　大学ももうすぐ始まるし、俺もその……いろいろと都合があるんです」

「ああ、判ってる判ってる。じゃあ、頼んだからね！」

本当に判ってくれたものか。承諾に満面の笑みでカウンターを離れる男に、千夏史は溜め息しか出ない。

「あー、中沢くん、やっぱり引き受けちゃったね。無駄に真面目なんだもんなぁ。店長、みんなにあの調子なのに」

隣で澄まし顔で聞いていたらしいバイトの女の子の一言までもが、ダメ押しで響いてくる。

このカラオケ屋を千夏史がバイト先にしているのは、大学から二駅で家への帰宅途中にあるから……というのは表向きで、日和佐のマンションの最寄り駅傍にあるからだ。運がよければ、ガラス越しの路地を歩く姿や、向かいのコンビニで買い物をする姿を目にすることもできる。

我ながらいじましい。

そのくせ、会えば煙たがられるようなことばかり言ってしまうのだから救い難い。

月はもう九月。あれから二度、日和佐の家に行ったけれど、とても歓迎されている感じではない。

無理矢理取りつけたハウスキーパーだ。日和佐の在宅の都合に合わせてだから、特に決まった曜日があるわけでもなく、今夜も夕方からの約束をしているものの、家に居てくれるかどうかすら怪しい。

無駄足もありうる。

千夏史はけして浮かれた気分にはなれないまま、カラオケボックスのバイトをこなした。七時過ぎにバイトを終え、すでに暗くなった表に出ると、気合い入れのように呟く。

「……よし、行こう」

好きな人の家に向かうのに、気合いがいるとはおかしなものだ。

マンションまでは徒歩五分。訪ねると日和佐はいた。

今日は早くに帰っていたのか、白シャツに薄手の黒いパンツのラフな服装で、出迎えた男はすぐにリビングのソファにごろりと横になる。

煩わしげな態度は眠っていたからなのか、自分が気に食わないからなのか。ご丁寧《ていねい》に開いた雑誌まで被《かぶ》ってしまった男を横目に、千夏史は奥の部屋に向かった。

命じられなくとも、寝室から掃除を開始する自分はマゾなのかもしれないと思う。

扉を開くと、そこは思ったとおりの光景だった。

来る度にそうだ。丁寧にメーキングを施したベッドは、寝乱れて明らかに誰かが泊まった形跡がある。日和佐が積極的に誰かを連れ込んでいるのはまず間違いない。

千夏史は試練でも前にした気分で近づいた。

仄《ほの》かな甘い香りは、つい二日前に嗅《か》いだエキセントリックな香りとは異なる。その前の匂いとも。よっぽど気分屋で香水をころころと変える女性でもないかぎり、別人に違いない。

「ん？」

枕の後ろに覗いているものに気がつき、千夏史は首を捻《ひね》りつつ手を伸ばした。

薄いブルーのぐにゃりとした物体を指で摘《つ》まめば、びよんと伸びて現われたそれに、『ぎゃっ』となった。

ヘッドボードとの間に落ちていたのは、紛うことなき避妊具。

コンドームだった。

「……ありえない」

これまでも片づけたゴミ箱に見かけたことはあるけれど、正々堂々ベッドの上とはいかに。

判らない。千夏史は時々判らなくなる。自分はどうしてこんな見え透いた嫌がらせをするロクデナシな人間を、好きだと思ってしまうのか。

「……最低。いい年して、大人気ないんじゃないの」

腹立ち紛れにシーツをばっと剝ぐ。

やっぱり、ただの刷り込み。生まれたての雛が目にしたものを慕うように、日和佐をちょろちょろと追いかけて恋をしているだけかもしれない。

千夏史は眉を顰《ひそ》めつつ、『それ』をゴミ箱に打ち捨てた。大物を消し去ってしまえば後はいつもの手順どおり。シーツ類を一抱えにして、洗濯機のある洗面室に向かいながら、雑誌を被ってソファに伸びたままの日和佐に声をかける。

「明さん、ゴハンは？　お腹空《なかす》いてないの？」

返事はない。肘《ひじ》掛けに頭を預けたまま、ぴくりとも動かない。しゃがみ込んで覗けば、高い鼻梁《びりょう》の押し上げた雑誌の隙間《すきま》からかろうじて顔が少し見えた。

不覚にも……いや、単純にも千夏史の胸は弾んだ。

一度《ひとたび》言葉を発すれば、胡散《うさん》臭さ漂う男。ちょっと眦《まなじり》の下がった優顔はどことなく信用置けないが、目蓋《まぶた》を落としているとそれもなりを潜め、普通にハンサムな整った顔だ。

どきどきする。困ったことに、うっとりだ。やっぱり、無理にでもバイトに雇ってもらえてよかった……だなんて、寝室の暴挙も腹立たしさも忘れて思ったりする。

単純というより、物好きなのか。

「後で弁当買って来てくれ」

覗き込んでいると、突然言葉が発せられ、千夏史は飛び上がりそうに驚いた。

「お…起きてるなら起きてるって言ってよ」

「今起きた。おまえが鼻息吹きかけるから」

「は、鼻息って……」

うっとりしているところを、鼻息とはあんまりだ。

「弁当はそうだな。唐揚げがいい」

「え、また？　偏った食事は体を壊す元だっていつも言ってるのに……そうだ、俺でいいならゴハン作ろうか？　やっぱりハウスキーパーって言ったら、普通は食事も……」

「断る」

寝ぼけているはずの男に、間髪も入れずに返された。三百八十円の弁当にも自分の手料理は劣ると言いたいらしい。

「……判った。掃除終わったら買ってくる」

異論はないらしい。日和佐は再び雑誌を引き被った。

洗濯機を回す傍《かたわ》ら、掃除を済ませていく。

それほど時間はかからない。日和佐は近くにワンルームの小さな事務所も借りており、寝室の隣の仕事部屋は限られた機材とパソコンが並んでいるだけで意外にすっきりしている。

メーキングを終えたベッドを離れ、寝室をぐるりと見回す。やり残した感があり、千夏史は壁際の棚に目を留めた。

原因は下段の箱だ。くたびれた茶色の革製のボックスは、変色しているせいで埃をはらったところですっきりしなかった。色が変わっているものはしょうがないと思いつつも、やっぱり毎回目に留まる。

完全に浮いているのだ。どれもこれもスタイリッシュと呼べるような無駄のない部屋の中で、その空間だけが異質だった。いわゆるアンティーク。名のある骨董品なのか知らないけれど、千夏史にはまったくよさが判らない。

——靴のクリーナーでも使ったら、艶《つや》だけでも取り戻すかも。

ふと思いついたアイデアに、引っ張り出して素材をよく確認してみようとした千夏史は、中腰になった体をびくりと弾ませた。

「勝手に開けるな！」

響いた鋭い声。

振り返れば、開け放したドアの間口に、また眠ったとばかり思っていた男が立っていた。険しい顔に焦る。いつもどこか人を食ったみたいに余裕を滲《にじ》ませている日和佐の見たこともない表情に、千夏史は戸惑った。

「え……えっと、違うよ。あ……開けようとしたんじゃなくて、拭こうかと思って……」

日和佐は気の抜けたような声で返した。

「……そうか。なら、いい」

気まずそうに視線を逸らされ、妙な落ち着かなさだけが残る。

「あの……ごめん、明さ……」

とりあえず棚の傍から身を引こうとしたそのとき、突然声が聞こえた。

「あきら〜」

玄関のほうから聞こえてきた女性の声に、二人は思わず顔を見合わせる。

「明〜、いるんでしょ？　いないの？　勝手に入っちゃうけど、いいの〜？　今日こそ、逃がさな……」

日和佐の関係した女性が、とうとう押しかけを敢行したのかと一瞬思った。慌ててリビングに向かえば、ぐんぐんと玄関から近づいてきた声の主も、廊下からちょうど顔を覗かせたところだった。

「あら」

手提げ袋を振りかざしたボブヘアの女は、千夏史を見ると目を瞠《みは》らせる。

久しぶりに見る顔だった。

「チカくん、来てたんだ？」

「こ、こんばんは。お久しぶりです」

牧野紗和《まきのさわ》。日和佐の遠い親戚で、高校時代のクラスメイトでもある女性だ。

千夏史も面識がある。由多夏とも同級生の彼女が、葬式に来てくれたことがきっかけだった。命日にも花を手向《たむ》けてくれたりとなかなかに気の細やかな女性だ。

見た目に反して、と言えるかもしれない。

白のベアトップにグレーのパンツ。シンプルなジャケットを羽織った彼女は、キャリア風の服装のせいだけでなく、外見は威圧感たっぷりだ。

千夏史をあっさり高みから見下ろす高身長。以前はモデルだった彼女は、なんでも人の世話を焼くほうが性に合うとかで、今は引退して小さなモデル事務所を構えている。

「紗和、不法侵入だぞ」

むっとした日和佐の声が、千夏史の背後から響いた。遠い親戚といっても親しくなったのは偶然撮影で再会してからで、高校時代は不仲だったと聞いている。

どちらからも耳にした話だから本当に違いない。二人を前にすると、いつもヒヤヒヤしてしまうのは千夏史のほうだ。

「インターフォン鳴らしたら、無視するくせに。嫌なら鍵ぐらい掛けときなさいよ。こないだも電気ついてたのに、居留守使ったでしょう？」

「来るなら、前もって携帯にメールの一つも入れてくれ」

「メールしても、返事全然じゃない」

意外だった。

千夏史が家を訪ねれば、いつも新聞だのセールスだのと酷《ひど》い反応で、メールを送れば『子供は歯磨いて寝ろ』なんて、まず嬉しくもない返事がくる。けれど、居留守は使われた覚えはなく、なんだかんだいいつつも返事はちゃんとやってきた。

「あー、鬱陶《うっとう》しいな。セックスできない女に俺は用はないよ」

半ば身内相手とはいえ、この暴言。けれど、彼女も負けてはいない。

「Hのできない男にもでしょ、あなたの場合。ホント誰でもいいんだから。色情狂ね」

「色情狂で結構。男は性欲のために生きてんの。性欲のために働き、食事を取り、睡眠を取ってんの。この世で一番気持ちいいのはセックス。DNAからそういうことになってんだよ。交尾したさにメスに自分の足まで食べさせるクモに比べればまだまともだ」

日和佐はソファにどっかり腰を下ろし、牧野は大股《おおまた》でずかずかと歩み寄った。

「クモじゃないなら仕事もしてよ。うちのコたちの写真、時間ができたらブック用の作品を撮ってくれるって約束だったでしょう？」

「いつの話だ」

「こないだのイベントのときよ」

「駅前にいいスタジオがある。ワンカット千円、三分で撮れる」

「それ、インスタント証明写真でしょ？　つまんない冗談やめて」

「そっちこそ、冗談だろう。タダ働きなんて、俺が進んでやるとでも？」

「あら、今をときめく日和佐先生を無償で働かせたりしないわよ。タダじゃなくて、タダ同然でお願い」

売り言葉に、買い言葉。勢いづく言葉に、日和佐は冷ややかな眼差《まなざ》しで沈黙した。

牧野は形勢不利だ。引かれてしまっては頼み事がままなくなるに違いなく、彼女はすぐに低姿勢にシフトをチェンジする。

「冗談よ。ちゃんと払います。だから、予定を組んで？　家でゴロゴロ……いえ、お寛《くつろ》ぎになる時間はあるんでしょう？　なのに約束の仕事には手をつけてくれないし、なに……もしかして、炊事洗濯はチカくんにしてもらってるわけ？」

それらしくエプロンを身につけた千夏史をじっと見やった彼女は、胡散臭そうな眼差しを日和佐に戻す。

「ゴロゴロしてるんじゃない、アイデアを練ってるんだ。それと、これは一応うちのハウスキーパーだ」

反射的にぺこりと頭を下げた。

「あの、バイトをさせてもらってるんです。……あ、すみません、今お茶を淹《い》れます」

「お茶なんて出す必要ない。不法侵入者だ」

「でも……」

彼女はにっこり笑んだ。入ってきたときに翳《かざ》していた黒い紙袋を、ずいと千夏史のほうへ差し出す。ちらと覗いた中身は同じく黒い紙包みの箱に臙脂《えんじ》のリボン。なんだかよく判らないが高い菓子折りのようだ。

「差し入れです。日和佐先生へ」

「あ、ありがとうございます。えっと……お茶、淹れます。コーヒーでいいですか？」

居座る口実をしっかり受け取ってしまった。

溜め息をつく日和佐の顔は見られないまま、キッチンに向かう。

日和佐を攻略するにはまず足元からとでも思ったのか、牧野は千夏史についてきて、コーヒーメーカーを準備する間もずっと見ていた。

「なんですか？」

「べつに。チカくんってマメねぇ、あんなロクデナシに付き合って。可愛いお手伝いさんだわ、エプロン似合ってる」

「……可愛いとか、全然褒め言葉になってません」

「どうして？　男の子だから？」

「そうです……っていうか、一応俺もう二十歳になったんで」

深い意味はないのかもしれないが、『男の子』はやっぱりないだろう。

二人を隔てたカウンターに深く体を預けるようにして、牧野は千夏史の顔を覗き込んでくる。

「あれ、もしかして怒った？　でも男の子……失礼、男性だって可愛いものは可愛いわよ」

「俺のは……単に童顔なだけです」

「あら、うちは超零細だけど、一応モデル事務所社長よ？　見る目はちゃんと養ってるつもりなんだけど……もっといつも可愛く笑ってたらいいのに。千夏史くんみたいな顔って、化粧栄えもすんのよね」

「俺、化粧しないんで」

「あはは、それもそっか……まあ、セクハラされないようにね、どこかの節操ナシに」

「俺はあいにく子供には興味がない」

日和佐が、いつの間にか彼女の背後にいた。

キッチンにはいい香りが漂い始めており、できたばかりのコーヒーをカップに注ぐ傍からひょいと取り上げる。

「そんなの、威張れたもんじゃないでしょ。基本的に誰でもいいくせに」

「俺にだって好みぐらいはある。ツンツンされればされるほど、落としがいを感じる」

「……それ、好みって言わないと思う。そろそろ健全な生活送ったら？　こんな生活、中沢くんが知ったら嘆き悲しむんじゃない？」

どういう経緯で知ったのか、日和佐が話したのか知らないけれど、紗和は由多夏との関係を知っている。

日和佐の反応は、ずるっと音を立てて熱いコーヒーを一口啜《すす》っただけだった。

千夏史は思い出して言う。

「そういえば……明さん、今年は命日どうするの？」

由多夏の命日は、もうまもなく。来月の上旬だ。去年が七回忌にあたり、今年は特に法事はなく普段どおりに家族で墓参りに行くことになっている。

「命日？　ああ、もうそんな季節か」

「本当ね……ここ数年行ってなかったし、私もお墓参りしようかな。あの世で薄情者とか思われてたりして？」

「はっ、薄情なのはあいつのほうだろ。由多夏はもう今頃おまえのことなんてきれいさっぱりすっぱり忘れてるよ」

日紗和は苦笑混じりに牧野に応えた。

なにを根拠に言っているのか。確かに、交友関係は浅く広くで、暑苦しいほどの情の深さはなかったかもしれないけれど、千夏史からすると心優しい兄だった。

「俺はもういい。墓参りは充分だ。由多夏が死んで何年だ？　あいつもとっくに成仏して生まれ変わってるね」

去年まではなんだかんだいっても、法事にも顔を出してくれていたのにこの言い草。投げやりな口調に呆然《ぼうぜん》となる千夏史の手前で、あからさまに眉を顰《ひそ》めたのは牧野だ。

「あらら、薄情はどっちよ。さすが葬式でさえ泣かなかった人の言うことは違うわね」

「なんとでも言え」

もう話は終わったとばかりに、日和佐はカップを手にリビングのほうへ戻って行く。

『ああ』とこちらを振り返り見ると、にやりとした笑みを浮かべて言った。

「それより千夏史、ベッドの掃除はちゃんとやったか？」

自分の意地っ張りはいつ頃形成されたものなのか判らない。

「昼間だったら外に干せるのに」

回り始めた洗濯機のドラムを覗き込んだ千夏史は、残念そうに呟く。いくら乾燥機能があっても、洗濯物は日の下で干したいところだ。

九月も下旬に差しかかると、途端に空気は秋めいてきた。日も短くなる一方な上、日和佐の帰りは毎晩遅い。必然的に、千夏史が家に入れてもらう時間も遅くなる。

一月《ひとつき》が過ぎても、千夏史はハウスキーパーを続けていた。

嫌がらせに屈するのは悔しい。千夏史は挫《くじ》けなかった。

それどころか——

「明さん、話があるんだけど」

脱衣室を離れた千夏史は、リビングのソファでいつものように雑誌を読み耽っている日和佐に声をかける。

千夏史が部屋をうろついていることにも慣れてしまった様子の男は、開いた誌面に目を落としたまま声だけで反応を示した。

「なんだ？」

「最近体の具合でも悪いの？」

「なんでだ？」

「いや、使ってるゴムの数が減ったみたいだなぁと思って」

「……は？」

寝室で見かけるアレの数が、なんだか少ない。目につくところに放り出されていなくても、結構な数が使われていたはずなのに激減だ。

「お……おまえ、数えたのか？」

日和佐はばっと顔を起こした。

飲み物でも口にしていたら、噴きかねないところだろう。珍しく動揺を見せたのが、その反応の早さから窺える。

けれど、千夏史は『してやったり』ではなく大真面目だった。

連日のように相手を連れ込み、アバンチュールとやら。火遊びに暇《いとま》ない絶倫男が落ち着いたとあっては、なにかあったのかと疑う。

体調でも悪いのかと本気で気になった。

「数えてないけど、ゴミ纏めてたらなんとなく……ま、まさか、避妊するのやめたとかじゃないよね？」

「バカ言うな、そんなわけないだろう。俺はフェミニストの常識人だ。ていうか、なんでガキにそんな心配されなきゃならないんだ」

女も男もとっかえひっかえ、コンドームを枕元にポイ捨てまでして置きながら、フェミニストだの常識人だのと聞いて呆れる。

けれど、千夏史はただ首を振った。

「具合悪いんじゃないならいいんだ。明さん、このところ仕事忙しいみたいだし、お酒ばっかり飲んで食事も偏ってるみたいだから気になって……ほら、食品添加物とか環境ホルモンとか体に悪影響だっていうし。ちょっと調べたらさ、不妊の原因にも疑われてるぐらいらしいからさ」

「不妊って……」

嫌がらせに動じなくなったどころか、妙な健康診断。大学の図書室で繋《つな》いだネットで得た知識を真顔で披露する千夏史に、日和佐は呆気《あっけ》に取られた顔だ。

やがてふっと息をつく。

「おまえに俺の精子活動の心配までしてもらう必要はないよ」

「せっ、精子って……」

不意打ちの言葉に、声を裏返らせてしまった。

「なんだ、べつに動揺するところじゃないだろう？　俺のベッドの世話までしてくれている優秀なハウスキーパーなんだろう、おまえは？」

「そ、それはそうなんだけど……」

優秀かはともかく、たしかに今更だった。でも、掃除の間は押しかけバイトなりに責務を感じていたから、生々しさを覚えなくなっていただけだ。

「ふうん、まあ童貞だったら下ネタ意識してもしょうがないか」

「どっ……」

「違うのか？」

「ちっ……」

違っていない。女の子と経験するどころか、手を繋いだこともない。異性を意識する年頃になる前から日和佐に片想いなのだからしょうがない。

「童貞のまま成人なんて、嘆かわしいな。それで、こんなひょろっこい腰のままなのか、おまえは？」

言葉の弾みだろう。なにげない動きで伸ばされた手が、ポケットから携帯のストラップの下がった千夏史のジーンズの腰に触れる。するっと尻のほうへ滑った大きな手に、千夏史は大げさなほどに身を弾ませた。

「ひゃっ！」

変な声まで飛び出した。

日和佐は驚いた顔で目を瞬《しばたた》かせる。

「ひゃっ…て、おまえちゃんと食ってんのか？　ジーンズゆるゆるじゃないか。人のこと心配してる場合じゃ……」

じわっと体が熱を持つのを感じた。手のひらは密着しているわけでも、服越しで意識するほど間近に感じるわけでもない。けれど、千夏史は触れられるのにまるで慣れていなかった。いつも子供扱いの日和佐にされることといったら、頭を叩かれるか小突かれるかぐらいだ。

まずいと思った。頬が火照《ほて》ってくる。

バカみたいに意識して赤くなる。

まぁ赤面顔を見られたところで、どこまでお子様なんだとかなんとか、馬鹿にされるだけだろうけれど――

「……ああ、悪い」

予想に反し、日和佐はすっと手を引っ込めた。

垣間見たのは、しまったとでもいうみたいな表情。

なんだろう。変な感じだった。

しつこく絡んでからかってくるどころか、詫《わ》びを入れられてまごつく。

「あ、あの……」

纏まらないまま発した言葉は、強引に割り込んできた音にぷっつりと断ち切られる。メロディを奏でながら震えたのは、ポケットの中の携帯電話だ。

メールの着信だった。

「あ……と、ちょっとごめん」

ちらとディスプレイの表示で見た相手は、カラオケボックスのバイトでよくシフトが一緒になる女の子だ。

なにかバイト先で問題でも起こったのかと思った。シフトを変わってくれ、人が足りないから来てくれ。ありがちな厄介《やっかい》なメールはいくらでもある。

けれど、想像と違っていた。予想外の内容に戸惑ってもたもたと通信を終え、携帯をポケットに押し込んで振り返ると、日和佐は元どおりに雑誌を捲《めく》っていた。

「誰だったんだ？」

視線を落としたまま問いかけてくる。

「あ……えっと、バイト……も、元バイト先で一緒だったコ。なんか、暇だからカラオケ行かないかって」

「カラオケ？　クビになった店にか？」

「違う、駅裏に新しくできたとこ。なんか店内が凝《こ》ってて面白いらしいんだけど……」

「女の子か？　行けばいい。洗濯物ぐらい、後は自分で片づける」

まるで子供をデートに送り出す親のような口調だ。

どうしたって子供扱い。しかも、こんなときだけ変に優しい。

「いいよ。べつにカラオケ好きじゃないし、それに、新しい店にお客取られるって店長ぼやいてたのに悪いし」

「おまえをクビにした店に義理立てか？」

「え？　あ、うんまぁ……」

「ふうん、お人よしだな。まぁなんでもいいが、チャンスを逃すな。二十歳過ぎても童貞なんて、男として情けないぞ？」

「チャンスって……ただカラオケに誘われただけだよ」

「ばーか、異性に声かけるってのは、興味があるってことだろ。嫌いな奴に声をかけるか？　ちょっと仲良くなればすぐ落ちる。俺は男と女の間にピュアな友情なんて成り立たないと思ってる」

千夏史も女友達と言えるような相手がいるわけじゃないけれど、寂しい見解だ。それに日和佐の場合、男とも寝る以上、同性間の純然たる友情が成り立つのかも怪しい。

「あ、明さん、彼女に失礼だよ。ほかにも行く奴いるみたいだったし、それに……たぶん、男だって意識されてもないから。俺、そういうのよくあるんだ」

自分で言って、ちょっと落ち込む。

異性にモテたいわけでも、同性に羨望されたいわけでもないけれど、容姿のコンプレックスは案外根が深い。未だにバイト帰りに警官に補導されかけたり、春には新入生と間違われてサークルの勧誘に群がられたり、童顔ゆえの不当な扱いなら日常的に被《こうむ》っている。

「卑屈だな。おまえ、そんなに自分のことモテないと思ってるんだ？　なるほどね、そうやって男はよりモテるイケメンくんと、イジケたモテないくんに二極化していくわけだ？」

「だったらどうだっていうんだよ。明さんに関係ないし。俺、べつに明さんみたいに女の人にモテたいとか考えてもないし。いいんだよ、学生の本分は勉強なんだから……」

ちゃんと聞いてくれているのか。

日和佐は千夏史の言葉などそっちのけで、ちょいちょいと指で招く仕草をした。

「千夏史、それ」

示されたローテーブルの端には、掃除を始めたときにはなかった気のする白い封筒が置かれている。

「なに？」

「バイト代だ。もう一月になるからな、用意しといた。現金でいいんだろう？」

「あ、ああ……うん。ごめん、ありがとう」

雑誌を再び捲る作業に戻りながら、日和佐は言った。

「ちょっとは弾んでおいてやったから、それでデートでもするといい」

「デート？」

「悪いこと言わないから、おまえも可愛い女の子みつけて付き合え。デートして食事して、夜中にくっだらない長電話してさ。おまえのお堅いペースでのんびり付き合ったって、今からならクリスマスには童貞ともサヨナラできるだろう？」

どうして急にそんなことを言うのだろうと千夏史は思った。

いや、言っていることはさっきからずっと変わらないけれど、日和佐の声に日頃の浮ついたからかう調子はない。

自分の洗濯した白いシャツを洗いざらしのまま着込み、寛いだ様子で座っている男が、一瞬見知らぬ人間のように見えた。

ぱらりぱらり。日和佐が膝上の雑誌を捲る度、海の青や山の緑が視界にちらつく。見ているのは、畑違いと思える動植物のフォトを中心としたグラフィック誌だ。

なにかの参考にでもなるのか。

似つかわしくない写真の数々。流行の服を身に纏ったモデルやタレントのポーズ姿ばかり追っていると思った日和佐が、自宅ではそれらにまったくと言っていいほど関心を示さないのを、千夏史は家で働かせてもらうようになってから知った。

長い間知っていても、日和佐には摑めない部分がある。

「千夏史？　行って来い。ここにいたって仕方ないだろう」

「……なんで？　なんで急に追い出そうとするわけ？」

訊かないほうがいい気がした。『子供は嫌いだから』だとか、『お払い箱だ』とか、そんないかにも日和佐の口にしそうな言葉は、今目の前にいる男から出てこない予感がした。

「俺と一緒にいてもいいことないぞ」

「え？」

「俺の世話なんてしたって、おまえが得るものはないだろう？　俺は変わらない。ずっとこのままだ。誰ともちゃんと付き合う気はないし、子供は好きにならないし……そういう意味でおまえを見たりもしない」

千夏史は自分がどんな顔をしているのか判らなかった。

ただ、日和佐の言葉に身が竦んだ。

「おまえ、俺のこと好きだろう？」

発せられたのは短い言葉。けれど、鼓動が止まってしまわなかったのが不思議なぐらいだった。

「明さん……なに言って……」

「趣味が悪いな。アニキの真似《まね》か？　だったらやめとけ。あいつは、べつに俺を……」

「なに言ってんだよ！」

咄嗟《とっさ》にどうしていいか判らず、震えそうになる語尾を千夏史は声を荒げることで誤魔化した。

「や……やめてよ、そんなこと言っても俺を厄介払いするのは無理だよ？　やめさせたいなら、普通に言ってよ。と、遠回しなことばっかりして……そんなのずるいし、明さん」

なにを言っているのか、途中から自分でも判らなくなった。思ってもない言葉が、つらつらと転がり出てくる。

「ずるい？　まぁそうだな、そのとおりだよ。俺は軽くてずるい大人だ。おまえとは違う」

ずるいのはどっちだ。

言い逃れをする自分のほうだ。

いつから気がついていたのだろう。雇ってほしいなんて言い出したから？　家に大した用もなく押しかけるから？

兄さんがいなくても、知らない他人になってしまおうとしないから？

「……好きじゃないよ。俺は明さんのことなんか、なんとも思ってない」

「……そうか」

「好きになんて、なるわけないだろ。バイトはお金のためだよ。クビになったからだって言ったのに」

「そうか、ならいい」

日和佐の声は冷静だったけれど、千夏史はいつの間にか俯《うつむ》いてしまった顔をなかなか上げられなかった。

男の膝上の雑誌の海の色。青い写真の辺《あた》りに視線を縫い止めたまま――

「帰る。そんなに言うなら、カラオケ行ってくる」

普通に言えたかどうか判らない。

ぱっと顔を起こしたときには、いつもどおりに戻ったつもりだった。

「洗濯物、乾燥中だから終わったら出して。放置すると皺《しわ》になるし。じゃあ……また来るから」

夜風は冷たかった。

「……はぁ、はぁっ」

千夏史は全身で自転車を漕いでいた。漕ぐというより、立ち上がって一歩一歩ペダルを踏んでいる状態だ。

家までの道程は、いつもだいたい電車と自転車だった。最寄り駅から自宅までは徒歩ではちょっと距離がある。とはいえ、家に続く道は天辺《てっぺん》付近が階段に変わるほど狭くて急な坂道で、自転車で楽ができているとは言い難い。

坂の上に家があるのだからしょうがない。回り道をしたところで、どのみちこの辺りは坂だらけ。自転車は押して上ることも少なくなかったけれど、今夜は降りたくない気分だった。

頭を冷やしたい。火照る頬に風を受けずにはいられず、千夏史は息を切らしながらもぐいぐいと自転車の立ち漕ぎを続ける。

カラオケに行くなんて日和佐には言ったくせに、動揺し過ぎてメールをくれた彼女に連絡することも思いつかなかった。

纏まらない頭を抱えたまま家に帰りつく。

「あ……母さん、ただいま」

自室のある二階に真っ直《まっす》ぐ向かおうとしたけれど、階段脇《わき》の部屋の引き戸が開け放たれており、明かりがついていた。

視線を感じて見れば、普段はあまり使われていないその和室にいたのは母親だった。

「おかえりなさい。チカちゃん、今日は早かったのね」

どこか咎《とが》める声だ。

このところ押しかけハウスキーパーのバイトも加わって、出かける夜の増えた千夏史だけれど、目くじらを立てられるようになったのは週末の朝帰りのせいだった。

カラオケボックスの深夜勤務に入ると、夜通しのためどうしてもそうなる。

「今日はカラオケのバイトはなかったから。また今度深夜も入る約束してるけど……母さん、言っただろ？　人手が足りてないんだ」

「だけど、なにもあなたが穴埋めをしなくったって……ほかに店の人はいないの？　アルバイトは何人もいるんでしょ？」

「誰かがやらないと店回らないし、女の子に夜中の勤務回すわけにも行かないよ。平日は大学あるから無理だって店長には言ってるし……心配しなくても勉強ならちゃんとやってるから。前期試験、七月に終わってるから今はまだちょっと余裕があるんだ」

「勉強のことは言ってないんだけど……」

先回りした千夏史に、部屋の奥の母親は違うと言いたげに首を振る。

静かな和室からは、戸口まで線香の匂いが漂ってきていた。

母が座っているのは仏壇の前だ。今時の都市部住まいの家族らしく、元は仏壇なんてないただの客間だったのだけれど、由多夏が亡くなってから親が購入した。

命日が近くなると、母親が仏壇の前で手を合わせる時間は多くなる。

すぐ傍の壁の天井近くには遺影が飾られていた。

スーツ姿の兄は、写真の中でも凛としてる。

大学の卒業式に撮られた写真だ。病気が判ったのは、それからほんの数ヶ月後だった。入社したばかりの会社もほとんど勤めることなく亡くなった兄に、親がいつまでも落胆してしまうのは仕方のないことだろう。

お兄ちゃん、お兄ちゃん、お兄ちゃん。

母はいつも、兄を褒めて称《たた》えて、父親以上に家族の中心のように考えていた。

もうまもなく、千夏史は兄と同じ年齢になる。でも、とても追いつけそうもない。進学も兄と同じ大学とはいかなかった。

「チカちゃん、バイトもいいけど、来週だけは週末もちゃんと空《あ》けてね？」

念を押すように言われ、千夏史は即答して頷いた。

「ああ、うん。判ってる」

具体的に理由を言われなくとも判っている。

兄の命日だ。会話はすぐに終了し、『じゃあ、おやすみ』と千夏史は二階に足を向ける。

母もそれ以上自分に声をかけてはこなかった。

母親とは成長するに連れて一層ギクシャクしてしまい、兄がいなくなって距離が近づくどころか、溝は深まった気がする。

九つ年の違った兄。すでに家族のできあがったところに、ぽっと遅れて生まれた自分は、両親の目にどんな風に映っただろう。

なんだかぱっとしない灰色の雛が生まれた。

まさかそんな風にがっかりはされなかっただろうけれど、幼い頃から兄と扱いが違って感じられたのは、なにか理由があったからとしか思えない。

思春期には、自分は本当の子ではないのかもしれないなんて、ありがちな疑いを抱いたときもあった。けれど、嫌になるほど母親と自分の顔は似通っており、その説はすぐに却下された。

千夏史は部屋に入ると手にしていた鞄を放り出し、自分の体も投げ出すみたいにベッドに突っ伏す。

自転車のせいで、まだ息は少し上がっていた。両肘をつくようにして顔を起こすと、千夏史は口元を手のひらで覆った。

時々訊いてみたくなる。もしこの家に残ったのが、自分ではなく由多夏であれば、今よりずっと家族の収まりはよかったのか。

どんなに思っていても、口に出してはならない一言。そんなこと、問われたって両親は否定するしかないし、実際どちらか一方が欠けてもいいなんて考えは微塵《みじん》もないだろう。

「…………はぁ」

大人になれば、なにもかも漠然と上手くいくような気がしていた。

けれど、やっと子供は卒業できたと思ったのはかん違いで、誕生日もなんの意味もない。

日和佐のことも。

ちょっと考えれば判る話だ。九歳と十八歳は、二十歳と二十九歳になっただけ。年齢差は……日和佐との距離はけして縮まらない。いつまでたっても平行線、対等になんてなれない。

だいたい、自分は大人になってどうするつもりだったんだろう。

大人になったら……あの人が大人だと自分を認めてくれたら、本当は好きだとでも打ち明けるつもりだったんだろうか。自分が、兄に成り代わろうとでも。

「……そっか、告白したら振られるんだ」

千夏史はぽつりと確認するように呟いてみる。

返事はもう今夜聞いたも同然だった。

好きだと打ち明けたらそこで終わり。

振られるために、ずっと大人だと認められたがっていたのだとしたら馬鹿だ。

判ってる。本当に子供だったあの日から知っていた。

夕焼け空の下、今にも夜に変わってしまいそうな空の下で自転車置き場に息せき切らして走ったあのとき。

自分との時間は、『アキラ』にとって本当にただの暇潰しでしかなかったと気づかされた瞬間から、そう判っていながら好きになってしまったのだ。


「『金のため』の金を忘れてどうするんだよ」

テーブルに載せられたままの封筒に、日和佐は小さく息をついた。

元々そう真剣に見ていたわけでもない雑誌は、いつの間にか終わり、閉じてしまっている。

ほとんど目にした写真の記憶がない。再びぱらぱらと頭から捲り始めると、電子音が廊下のほうから響き、急《せ》きたてるようなその音に日和佐は洗面室に向かった。

洗濯物の乾燥が終わった合図だ。千夏史に忠告されなくとも、元々家事はマメなほうで、すぐに中身を取り出し始める。

丸窓の扉を開いた瞬間、今まで嗅いだことのない匂いがした。甘いが後を引くほどでもない、どちらかといえば爽《さわ》やかな香りだ。

洗濯機の足元に、覚えのない柔軟剤のボトルがある。

「……太陽の香り？　あいつ、こんなのわざわざ使ってるのか」

副流煙だの柔軟剤だの、およそ二十歳の学生らしくない。大した金額ではないだろうが、千夏史に代金を請求された覚えもない。

日用品を自腹で購入し、バイト代は置き忘れ——その意味を考えようとして日和佐はやめた。

自分には興味ないと言ってるのだから、それならそれでいい。今更手に負えない気持ちになど関わりたくないのだ。

子供は本当に面倒臭い。伝えたいのに伝えられない気持ちなんて、今の日和佐は判らないし、判りたくもない。

仕事は順調、男も女も好きなときに気の向いた相手を抱ける生活。なにもこれ以上欲しいものなんてあるはずもない。

『綺麗だね』、『可愛いね』、ファインダー越しに女性を前にすれば、シャッターを切るみたいに口を突いて出る。ベッドの中ではもう無意識だ。

『好きだよ』も、『愛してる』も。そこら中に溢《あふ》れた日常会話と同じで、特別な意味なんて随分昔になくしてしまった。

衣類を一抱えに寝室に向かう。指先から伝わる、乾いたばかりのその暖かさ。クローゼットにしまう間も、仄かな日の匂いを思わせる香りは日和佐を包んだ。

『日和佐は太陽の匂いがするな』

いつか聞いた男の言葉を思い出した。

高校時代、由多夏が言った言葉だ。

日向《ひなた》の匂い。学校では、天気のいい日は屋上で過ごす時間が多かったから不思議ではない。

不思議なのは、それを口にした男のほうだった。由多夏とは、昼休みや放課後に人目につかない場所で会っていた。勝負に負けたとはいえ、たかが小さなコイン一枚の裏表で優等生が同性と逢引《あいびき》。誘われるまま、ときには校内でもセックスなんて、どう考えても普通じゃない。

日和佐がそれを訊いたのは、屋上へ続く人気《ひとけ》のない階段の踊り場で抱き合っていたときだった。

由多夏は一瞬言葉に詰まった。けれど、次の瞬間には笑っていた。転がった自分の身の上に、気《け》だるい仕草で頬杖をつき、くすくすと笑いを零して言った。

Molbol

『そうだな、やっぱり日和佐はエッチ上手そうだし？　ちょっと試してもいいかなって？』

体の上に無遠慮につかれた肘先が痛かった。

腹に刺さるみたいで、体の奥のどこかが抉るように痛んで日和佐は焦った。それについて考えるのは面倒なことになる予感がして、とりあえずもう一回セックスして、気持ちよくなって……そして、痛みのことは忘れた。

——あれは、なんだったのか。

あの痛みと、感じた焦燥感。

あのときは判っていた気がするけれど、遠過ぎる記憶の今はぼんやりと霞《かす》んでしまって、その輪郭さえ曖昧《あいまい》だ。

ただ、それを思い出せばやっぱり面倒になる予感がしてならない。

クローゼットの前の日和佐は、いつの間にか衣類をしまう手が疎《おろそ》かになっていた。

部屋のどこかで微《かす》かな音楽が響き始めて、顔を起こす。体は自然に音のするほうに引き寄せられ、コートハンガーに引っかけたジャケットの上着ポケットから、日和佐は携帯電話を取り出した。

通話ボタンをほとんど無意識に押す。

「誰？」

抑揚のない声。相手を問う低い声に、電話の向こうの『誰か』が焦ったように息を飲んだのが判る。

『えっと……明、よね？』

女のそろりと探る声は、自分ではないかもしれないと思ったのだろう。

「ああ……」

耳元から離した電話を確認すると、ディスプレイに表示された名前は、仕事関係の打ち上げで知り合った女性の一人だった。頻繁に会う仲ではないけれど、誰だったか覚えていられないほど希薄な間柄でもない。

日和佐はぶるりと頭を振る。

「ごめん、ちょっとぼんやりしてたよ。どうしたの？　君の声聞くの、久しぶりで嬉しいね」

『あ、よかった。なんか変だから明じゃないかと思っちゃった。ん……ちょっとぽっかり時間ができてね』

確か彼氏がいると言っていた気がするけれど、元々浮気をするぐらいだからもう別れてしまったのかもしれない。

『なんだか、寂しいの』

彼女は浮かんだ考えを肯定するようにぽつりと言った。

電話口に向かって日和佐は優しく笑む。

「そう、気が合うね。俺もね、一人で寂しいと思ってたとこ。じゃあ、うちに来る？」

言葉は選ぶまでもなくだらりと溢れ落ち、携帯電話を耳に押し当てたまま、日の匂いのするクローゼットを日和佐は閉じた。

◇　◇　◇

お金を受け取り忘れた。

千夏史がそう気がついたのは、日和佐の家を飛び出すように帰った翌日だった。

お金のためと言い切っておきながら、忘れてしまうだなんて気まずい。

すぐに取りに行かなければ嘘になってしまう。けれど、あんな話の後では顔を合わせ辛《づら》い。悶々《もんもん》とするうちに数日が過ぎ、そろそろ重い腰を自分で蹴り上げてでも行かなければまずいだろうと思い始めた頃、連絡があった。

日和佐からではなく、牧野紗和からだ。

仕事の都合で由多夏の墓参りには行けそうもなくなってしまったと、律儀に連絡をくれた彼女は、日和佐が海外仕事に行ってしまい、また約束の写真撮影を先延ばしにされたと文句を垂れていた。

オーストラリア。南半球、カンガルーとコアラの国だ。内陸でどこぞのアーティストのCDのジャケット撮影をしているのだと聞き、拍子抜けせずにはいられなかった。

バカみたいに意識して、じりじりと毎日を過ごしていたのは自分だけ。日和佐は待ってなどおらず、自分も行けなくて当然の時間だったのだ。

「おつかれ～、暇で死にそうだったって顔ね」

バイト先のカウンターにいると、制服のエプロンを身につけながら、朝の交代の女性パートが声をかけてくる。

「お疲れさまです」

週末だけの深夜バイトは、眠気との格闘だった。

忙しければまだ平気なものの、暇では拷問に等しい。近所にできたとかいう競合店に、そんなに客を奪われてしまっているのか、夏休みが終わった辺りから客足は鈍っている。土曜の夜にカラオケボックスの店員が欠伸《あくび》を嚙み殺すのが仕事だなんて、随分と寂しい状況だ。

交代はすぐに済ませたけれど、もたもたしてしまい、千夏史が店を出たのは八時を過ぎていた。夜明け前には猛烈に感じていた眠気も、日の光を浴びるとすっかり潮でも引いたみたいに感じなくなった。

駅に繫がる通りは、日曜といってもそれなりに行き交う人の姿がある。千夏史も駅に向かうつもりが、気が変わった。近くまで来ているのだからと、少し迷った末に、日和佐のマンションまで行ってみることにした。

牧野の話しぶりでは、そろそろ帰ってきているはずだ。

辿《たど》り着いた千夏史はベランダ側からマンションを見上げ、『あっ』となった。

窓辺に人の気配を感じた。といっても部屋は高層階ではっきりと確認できたわけではなく、バーチカルブラインドの縦型ルーバーが波打つように揺れて見えただけだった。

朝っぱらから迷惑がられそうだ。けれどこれを逃してバイト代を放置すれば、また行き辛くなってくる気がする。

エントランスホールで散々迷って部屋番号を押した。

返事はない。

「あれ……」

確かに人気《ひとけ》を感じたのに不在なのか。立て続けに二度押してみたところで、マンションの住人がホールに入ってきた。はっはっと息の荒いフレンチブルドッグを連れた女性だ。

中に入るチャンスだ。千夏史は住人と犬の尻に勢いで続き、閉ざされていたオートロックのドアを潜った。

別段珍しくもないのだろう。同じエレベーターに乗り込んでも怪しまれた様子はない。エレベーターの中でもはぁはぁ言い続けている犬は、白黒の個性的な顔からよだれをだらだらと流しており、女性は気まずそうにしていた。

フロアに着くと千夏史はどうすべきか少し迷い、そして予想外の事態が起こった。

通路の先のこれから向かう予定のドアが開いたのだ。

若い、少し不機嫌そうに俯き加減に出てきた男。日和佐ではない。部屋を間違えたのかと思ったけれど、そんなはずもない。

千夏史は、『うわ』と内心なった。

随分と綺麗な男だった。日和佐の傍にいると美人は大概見慣れるけれど、男なのにとびきり綺麗な人だ。一目見た瞬間から、職業がモデルだろうと判る男を見たのは、千夏史は初めてかもしれなかった。

千夏史とは五メートルほど離れた位置の男は、すぐにこちらに向かって来ようとしたけれど、閉じかけたドアが内側から押し開かれ、呼ばれて足を止めた。

「春巳《はるみ》くん、忘れ物」

聞こえた声に、千夏史は反射的に後ずさっていた。出てきたエレベーターホールへ身を隠す。

なにを手渡したのか判らないけど、日和佐から受け取る男の声が聞こえた。

「ああ、どうも」

「また来る？」

「来ないよ」

「そう、じゃあ楽しみにしてるよ」

「来ないって言ってんだけど？」

噛み合わない会話。姿を目にしなくとも、男の反応が素っ気ないのは判る。

「じゃあ」

『また』も添えずに男はこちらへ向かって歩き出し、なにか思い出した様子で背後に向かって叫びかけた。

「あー、さっきなんかチャイム鳴ってたぞ。面倒だから無視したけど」

「そうなの？　聞こえなかったな、バスルームにいたからかも。セールスかな。じゃあまたね、春巳くん」

ドアが閉じる音が鈍く聞こえた。

あっさり二人は別れたけれど、とても日和佐の家に行けるタイミングではなくなってしまった。こんな時間だ。いつか鉢合わせた女と同じで、男は日和佐の家に泊まっていたのだろう。

帰ろうとすると、必然的に一緒のエレベーターになる。間近で見る男は思ったよりも背が高く、圧倒的に美しい容姿の存在感だけでなく、服装も自分がみすぼらしく感じられるほど小洒落ていた。

気になって、つい何度も目線を向ける。エレベーターが一階に着く頃には、千夏史は男に軽く睨《にら》まれてしまった。

「なに？」

意外に気が短い男だ。おまけにまるで物怖《ものお》じしない。

めったやたらに整った顔で冷めた眼差しを向けられると、千夏史は思わず委縮して謝っていた。

「あ……ごめんなさい」

素直な反応に、男はそれ以上なにも言わなかった。ちょうど扉も開き、一瞥《いちべつ》をくれただけですると先にエレベーターを降りていった。

男がマンションを出てどこに向かったのか知らない。それきりだ。千夏史の歩みは力なく、とぼとぼと駅に着く頃には日差しの色さえ昼に一歩近づいて感じられた。

「綺麗な人だったな……」

帰宅途中は、それればかり考えていた。

呟いて言葉にすれば、脳裏の男の姿はますます鮮明になる。

少し兄に似ていたかもしれない。やや色白の繊細な面立《おもだ》ち。兄より背が高かったように思うけれど、澄ました横顔は理知的で聡明だった兄を連想させた。

そういえば、日和佐の部屋を女性ではなく男が訪ねているのを見たのは久しぶりだ。

帰り着いた家に親はいなかった。相変わらず多忙な父は週末を挟んでの出張に出ており、母は外出すると言っていたからもう家を出たのだろう。

二階に上がり、眠るつもりでベッドに潜り込んだけれど、なかなか睡魔はやってこなかった。カーテンを引いても表は昼だ。隙間から差し込む光の明るさに、目は冴《さ》える一方で寝つけない。

余計なことばかり考えてしまう。

若く見えたけれど、あの人は自分よりずっと年上なんだろうかとか、売れっ子カメラマンにあんな素っ気ない態度を取るぐらいだから、きっとすごい人気モデルに違いないとか。

不毛だ。

自分で自分の考えに納得し、そして落ち込むの繰り返し。

千夏史は枕の端に頬を押しつけるように寝返りを打ち、小さく『はぁ』と息をついた。

ああいう人はきっとコンプレックスなんてなに一つないだろう。お洒落な服を着てお洒落な店で食事して、そしてきっとお洒落なセックスでもするのだ。

お洒落なセックス……どういうものかよく想像がつかないけれど。

——明さんは、昨晩あの人と寝たんだろうか。甘い言葉をかけて、優しいキスをして、ベッドでは『好きだ』とか『綺麗だ』とか、そんな言葉をいくつも口にしたのか。

昔、千夏史は一度だけその現場に遭遇したことがある。

相手は兄だった。

千夏史が中学に上がってすぐだ。父親が現在の戸建ての家を構えた年だから、はっきりと覚えている。

その日、前日から風邪気味で熱っぽかった千夏史は、午後の授業を休んで早退した。

家には誰もいないはずだった。

なのに合鍵で家に入ると、玄関に由多夏の靴と見知らぬ大きなスニーカーの二足が転がっていた。まるで蹴散らすような脱ぎ方は兄らしくもない。なにをそんなに急いだのだろうと不思議に思った。

階段の上からは微かな笑い声が聞こえていた。

まだ新しい木の匂いのする吹き抜けの階段と、天窓から差し込む午後の光。兄の部屋のドアは少し開いていて、ノックして声をかけるつもりで近づいた千夏史は息を飲んだ。

部屋には由多夏と『アキラ』がいた。二人はくすぐったそうに笑い合いながら床の上で抱き合っていた。散らばる衣類。ドアのすぐ傍には、無造作に放り出されたボルドー色のニット。今朝、食卓に一緒に並んだときに、大学へ出る兄が着ていた服だ。

二人は裸に見えた。千夏史からは見えない位置で、『アキラ』がその肌に押し当てているらしい唇を動かすと、兄の笑い声は聞いたこともない艶《なま》めいた息遣いに変わっていった。

白い肌が、カーペットの上でくねくねと動く。

『……中沢、なぁ感じるか？』

兄にかける『アキラ』の声を聞いた瞬間、千夏史は見えないなにかに突き飛ばされでもしたかみたいにその場を離れた。

隣の自分の部屋に逃げ込むこともできず、階下に下りると奥の風呂場に飛び込み、扉を固く閉ざした。

心臓がばくばくと鳴っていた。それ以上に、さっきまで意識してもいなかった下半身がズキズキしていた。千夏史の制服の黒いズボンの中心は不自然に膨らんでいて、ぎゅっと押さえるようにしてその場に蹲《うずくま》った。

静まれ、静まれ。

そんな風に念じたけれど、自分の体なのに思うようにはいかず、それどころか押さえる手指の感触にすら痛いような疼《うず》きは増した。

いつの間にか、千夏史は押し当てた手のひらを激しく動かしていた。

聞いたばかりの『アキラ』の声がまだ耳に残っていた。兄ではなく、自分が呼ばれたような気分になった。

『中沢』

『中沢』

やがて、違う声も聞こえた。

『千夏史』

聞いたこともない甘い声で、『アキラ』は自分を呼ぶ。

『千夏史、なぁ感じるか？』

冷たい風呂場に蹲ったまま、千夏史は射精した。

その瞬間、自分は兄の恋人らしいあの人を好きなんだと思った。

片想いを自覚するには、最悪の方法だった。

「……はぁ」

思い出してしまった事柄に、千夏史は何度でも溜め息をつく。

布団を引き被る。

あれきり欲求は封じ込めてしまえたわけじゃない。

千夏史だって男だ。興味がある。

気持ちいいこと——日和佐に触れられること。

やっと二十代になったばかり。多少人より淡白だったところで、千夏史にも度々そういう衝動は訪れる。

今もまた体の中心で感じる違和感。癒《いや》す方法ならもうすっかり覚えてしまっている。

千夏史は着替えたパジャマ代わりのコットン生地のパンツの上から、膨らんだ部分に指で触れた。うつ伏せるように身を捩《よじ》りながら、布団の中の手をもぞもぞと動かし、快楽を得ようとする。

「……っ……」

一息つくごとに、唇を押し当てた枕が湿りを帯びていく感じがする。溜め息だったはずの息は、いつの間にか切ない呼吸に変わっていた。

――気持ちいい……かも。

「……んっ……」

気持ちが昂《たか》ぶると同時に、快楽だけでない痛いような感覚がそれに纏わりつく。

緩いパンツと下着を掻《か》い潜《くぐ》り、千夏史は性器に直接触れた。露出していないと判る尖端が、むず痒《がゆ》いような快感にじんわりと熱くなる。

指先で触れただけでも小ぶりだと判るそれは、いつまで経っても幼げな色や形をしていた。おまけにいつも皮を被っている。半勃ちになっても先っぽがちらちらと覗くばかりで、少し指で引っ張るとすぐに出てくるから仮性包茎ってやつに違いなかった。

深刻に悩まなくてもいいのかもしれない。でも、やっぱり恥ずかしくて、千夏史は銭湯や修学旅行ではこそこそと隠してばかりいた。

もしも日和佐が見たら、笑うんだろうなと思う。

絶対笑う。日和佐の日頃の態度を思うと断定的にもなる。

包茎だと、触るのもいやなんだろうか。ちゃんと清潔にしてるつもりだけれど、形が悪いとやっぱり触りたくないものかもしれない。

お洒落なセックスなんて、自分には到底無理だ。

エレベーターで見たとびきり綺麗な男がまた頭を過《よ》ぎる。体の奥のどこら辺かが痛くなりそうなのを感じ、千夏史は誤魔化すように手の中の性器を慰めた。

ちゃんと感じる。小さくても。

もしも大きくて立派だったら、もっと気持ちいいんだろうか。

そうだとしたら、自分はいつも勃《た》ちっぱなしになってしまうかもしれないと思った。いつも身を隠した尖端は、露出させるとちょっと刺激しただけでおかしくなりそうなほど感じる。何度も擦《こす》らないうちからぬるぬるしたのが溢れてきて大変なことになる。

少し触るだけのつもりが止まらなくなった。

包んだ手を上下させるうち、千夏史は大胆になった。普段はオナニーは風呂場や夜中のベッドでこそこそと隠れてやっているけれど、今は親の存在を気にする必要もない。

両足を交互に動かし、蹴り上げるように衣服を脱いだ。濡れた場所が布団を汚してしまわぬよう、慌てて撥《は》ね除《の》けながら身を起こす。

ベッドポストを背に座り直せば、性器が濡れて勃ち上がった様や、絡みつけた自分の指が視界に映った。千夏史は肩を竦めるようにして俯いたまま、そろそろと昂ぶるものを弄った。

恥ずかしい。こんな姿も体も、誰かに見られたらと思うと恥ずかしくて死にそうになる。

みんなどうして恥ずかしくないのだろう。

自分も興味がないわけじゃない。勉強のほうが大事なんて嘘だ。本当は……好きな人に触ったりとか、触れられたりとかしてみたい。

もしもこれが日和佐の手だとしたら、どんな感じがするだろう。

あの手のひら。子供扱いして、時々自分の頭を叩くあの大きな手のひら——あの手がそのまま髪を撫でる。こめかみを伝って頬を包み、唇にその指先が触れる。平べったい胸や腹、薄っぺらい体を愛《いと》しげに辿り、自分に触れていく。

千夏史は、いつの間にか思い描く日和佐の手の感触に夢中になっていた。

想像の中で、日和佐に愛撫されて悦《よろこ》んでいる自分を感じた。

「……ぁっ……」

息とは違う、変な音が喉奥から漏れ落ち、驚いて一瞬手を離しそうになる。

変だけれど、嫌な感じじゃなかった。自分の淫《みだ》らな声にすら反応し、頭が熱くなる。アレを包んだ手のひらにきゅうっと力を込めると、泣きたくなるような快感が溢れて千夏史は身を捩った。

「……さん、あ…きらさ…っ……」

さっきまでとは比べ物にならないほど性器は張り詰め、濡れていた。

尖端の小さな割れ目が、口を開けたそうにひくひくなってるのが判る。

好きな人の指だと思うとひどく感じた。

「……あ…ぅっ……」

そろりと指の腹でなぞってみた。走り抜けた快感に足先を突っ張らせる。体を弛緩《しかん》させれば、じわっと口を開けたところからぬるつくものが溢れてきて、千夏史は喘《あえ》ぎながらそこを嬲《なぶ》るように弄った。

すぐに達してしまうと思った。

ベッドを汚したら大変なことになる。まだ自慰の仕方もよく判らなかった頃、濡らしてしまい、母親の目を盗んで後始末をするのに苦労した。

すんでのところで理性は働き、千夏史はベッドの下に押し込んでいたティッシュの箱を探り出す。無造作に抜き出した数枚を被せると、その淡い感触にすら、敏感になった先っぽがジンと疼いて千夏史は泣きそうな声を上げた。

「あっ、あっ……」

どうかしてしまったみたいに、日和佐の手を思い浮かべると感じる。

一瞬にして体液を吸ったティッシュが重く性器に纏わりつく。ぐしゅぐしゅになってしまうのも構わず、手を動かした。

激しく擦り立ててしまいたい気持ちと、もっといっぱい感じていたい気持ちで、頭も体もどろどろになる。

終わってしまうのは怖かった。

イキそうになる度、千夏史は手を離す。擦り立てるものを求め、腰が揺れる。女の子に挿れるときってこんな感覚なのかなと一瞬だけ頭を過ぎったけれど、考えるのはやっぱり日和佐のことばかりだった。

気持ちいい。

もっと。

もっと、触りたい——触ってほしい。

自分の手のひらが、日和佐の愛撫にしか思えなくなってくる。ティッシュの下で、性器が快感に爛《ただ》れたみたいになってる気がして、千夏史は怖さと快感に啜り喘いだ。

「……きらさん……明さ…っ、も、もう……もうっ……」

やがて座っていることもできなくなった。転がったベッドの上で横に丸くなり、びくびくと腰を揺すりながら激しく手を動かす。ぐしゅぐしゅとした濡れそぼった音が、間断なくそこから聞こえる。

「いいよ…、気持ちっ…いっ……イ…くっ……らさん、明さんっ」

想像の中の日和佐はやっぱり意地悪で、でも少しだけ優しくて、はぐらかしたり翻弄《ほんろう》させながらも、最後には千夏史を甘やかしてくれる。

「……く、イク……出る…っ、出るっ、あっ、あっ……」

堪えていたものが勢いよく散った。

ぽろぽろと眦から涙までもが伝い落ち、木綿のシーツが零れる傍から吸い取っていく。

千夏史は泣いていていた。

「あ……あ…っ……」

体の中からなにか持っていかれてしまうような、快楽だけで真っ白に満たされる感じに、頭がふわふわする。

けれど、知っている。

いつまでも幸福感は続きやしない。

頭にかかった白い靄《もや》は、すうっと何事もなかったかのように失《う》せていき、入れ替わりに心を占めていくのは決まって自己嫌悪だ。

「……あ、また……」

あの日と同じだ。

中学一年生の午後と同じ。冷えていく涙に濡れたシーツは、あのときの風呂場の冷たさを思い出してひどく不快だった。

「……なにやってんだろ、俺」

無意識にぽつりと呟いた言葉まで、シーツに吸い込まれていく気がした。


『金は取りに来ないのか？　バイト、続けるんじゃなかったのか？』

日和佐から携帯電話にメールが届いたのは、翌週だった。

届いたのは深夜というほどでもない時間だったけれど、翌日になっても千夏史は返事に迷

っていた。

千夏史が日和佐からのメールにすぐに返信しなかったことなど初めてだ。

普段は喜び勇んでメールをする。それを誤魔化すように、つい母親のような小言まで添えてしまい、『うるさいおまえは小姑か』なんていつもの煙たがる言葉が返ってきても、とにかく反応がくるのは嬉しかった。

——怒ってるだろうか。

日和佐に不愉快な思いをさせるのは、千夏史も本意ではない。

ただ、あんなことをした後では、余計に顔を合わせ辛くなってしまった。

今まで想像しなかったわけじゃない。けれど、あんなにも詳細に……鮮明に思い描いたのなんて初めてだ。

後ろめたい。今度はそれまで日和佐に見透かされるのではないかと不安になる。

「千夏史、こっちだ！」

かけられた声に千夏史ははっとなった。

声をかけてきたのは父親だ。

ポケットの中の携帯電話を無意識に何度もスライドさせながら、ぼんやりと歩いていた千夏史を、少し先を行く父親は手招いている。隣には母親の姿もあった。

月は十月に変わったばかりだ。

日曜日の午後。家族三人で訪れたのは霊園だった。

兄の由多夏が眠る場所。都内の家から車で一時間半ほどで辿り着ける芝生に包まれた霊園は、なだらかな丘陵に広がっている。

「ごめん、判ってる！」

千夏史は歩みを速めた。二人に追いつく頃には墓のすぐ傍まで来ていた。

管理の行き届いた墓は、塵《ちり》一つ落ちていない。白い墓石も、このところ続いている好天のせいもあってか、磨かれたばかりのように光っている。

誰も訪れなくとも美しく整った墓は、家族の誰の手も煩わすことのなかった由多夏にどこか似ている。

夏の記憶が遠退《とおの》き、秋の気配を肌で感じ始める時期だからだろうか。爽やかな風や突き抜けるほどに高い空は心地いいけれど、由多夏の命日は何年経っても物寂しい感じがする。なにかぽっかりとどこかに穴が空いているような寂しさだ。

命日が暑い夏や暖かな春であったなら、もっと感じる気持ちも違うのだろうか。千夏史はほかに近しい者を亡くした記憶がないから判らない。

墓を水で清めてから三人は手を合わせた。

「自分たちが入るつもりで買った墓に、こうして通うことになるなんてな」

父親の呟きは、もう幾度《いくど》となく耳にした言葉だ。

まるで今初めて耳にしたかのように母も隣で頷く。

「ええ、本当にね」

「まったく、先に逝くなんて親不孝な奴だ」

悔し紛れだろう。父はそう返したが、母は今度は相槌《あいづち》を打たず、返事に困ったような表情を浮かべただけだった。

千夏史は傍らで二人の会話を耳にしながら、じっと墓を見つめていた。兄を前にしているような気分になる。

——明さんは本当に忘れてしまったんだろうか。

去年の七回忌までは、法事にも姿を現わしていた。

要領のいい日和佐は昔から一貫して親の前では好青年で、まさかそういう付き合いだったとは夢にも思わない二人は、学生時代の友人として歓迎していた。

「今日は、本当はお父さんのお姉さんとこの和男《かずお》くん、墓参りに誘おうかと思ったんだけどね」

残念そうな母親の声が耳に届き、千夏史は墓石から目を移した。

「和男さん？」

「由多夏とは同い年で唯一の従兄弟《いとこ》でしょ……でも、和男くんも今は仕事が忙しいみたいだから、言うのやめておいたわ」

「そうだったんだ。和男さんって、パソコン関係の仕事だっけ？」

「仕事はよく判らないけど、会社で主任なんですって……もうそんな年なのね」

たぶん父の姉から知らされたのだろう。由多夏が死んでも、息子自慢のなかなか減らない伯母だ。

七年は長い。中学生だった自分が成人するくらいだ。従兄弟も平社員を卒業ぐらいする。

「まぁ、どうせこれからは身内だけになっていくんだものね」

横顔を窺えば、独り言のように母は呟いた。

「なにが？」

「去年が七回忌だったでしょう？　一応、法事はそれから先は身内だけで済ませるようになってるから。十三回忌の頃はひっそりしたものよ」

「そんな決まりごとあるんだ……知らなかったな」

「しきたりっていうより、慣例だな。来ちゃいかんとか言うわけじゃない。そんなもの関係ないって人もいるだろう」

話を聞いていないように見えた父親が口を挟む。

「そうね、うちは歓迎だけど……そういえば今年はお友達のあの人も来なかったのね。日和佐さん？　遠慮しないで来てくれたら由多夏も喜んだでしょうに」

「え、明さんはべつにそういう……」

千夏史は言いかけて言葉を飲んだ。

来たくない素振りだった。あれは、本当にただもう煩わしいから避けただけなのか。

『ああ、もうそんな季節か』

忘れていたみたいに、投げやりの口調で言った男。その瞬間の顔を思い出そうとしてみても、その後の自分をからかった表情以外、何故だか思い出せない。

「そろそろ行きましょう」

広い丘陵を吹き抜ける風は強かった。

肩に回した薄手のストールを、寒そうに胸元でかき寄せる母親を目にすると、千夏史も急に空気が冷たく感じられた。


両親と一緒に帰宅したものの、時間が経つに連れ日和佐がどうしているのか気になった。

迷っていたメールの返事をしても、返信はない。

仕事が忙しいのならいい。けれど、昼間の母親との会話がどうしても引っかかる。

千夏史は夜遅くになって様子を見に行くことにした。

後ろめたい気分で出かける言い訳を用意しつつ階下に下りると、墓参りの疲れが出たのか、両親はいつもより早く就寝していた。

静まり返った家を抜け出し、終電も近づいた電車に飛び乗る。電車で戻りたければ、日和佐の家との往復は時間的にぎりぎりだ。最悪始発まで野宿だなと思いながらも、千夏史はやっぱり引き返す気にはなれなかった。

日和佐の部屋の明かりはついていた。

反応はない。エントランスで部屋番号のボタンを押しても応答はなく、千夏史は先週と同じく戻ってきた住人について潜り込んでしまった。

もしかすると、また誰か部屋にいるのかもしれない。

そう思い当たったのは部屋の前についてからだ。

携帯電話は電源を落とされ、インターフォンベルなどまるで聞こえない状況——あの朝の男のことが頭を過ぎり、千夏史は動けなくなった。

ベルも鳴らせないまま、しばらくその場で過ごす。いつまで待っても、ドアの向こうの気配は判らない。家の中に人気は感じられず、ふと触れてみたドアノブは軽く回った。

一見固く閉ざされてるかに見えた厚いドアは、思いがけず呆気なく開く。

迎えたのは、玄関から煌々《こうこう》と灯《とも》されたままの明かり。やっぱり誰かいるのだろうと視線を落とせば、目に飛び込んできた広い玄関スペースに靴は一組だけだった。

たぶん日和佐の革靴だ。

千夏史は家の中に声をかけた。

「明さん？」

勝手に入ってしまったゆえ、声はそろりとしたものになる。返事はない。二度三度、少しずつ声量を上げながら呼びかけてみたけれど、応答はまるでなかった。家の中は無音で静まり返っている。

まさかこの状況で留守はないだろう。

廊下にリビングに、そこら中の明かりが点けっ放しだ。千夏史は足を踏み入れ、リビングに入ったところで軽く息を飲んだ。

ソファの向こうに覗く、伸びた足。

「明さんっ！」

倒れでもしたのかと思った。

日和佐は、ソファとテーブルの間にうつ伏せるようにして転がっていた。けれど、慌てて駆け寄れば、口元からプンと漂ってきたのはアルコールの匂い。顔を覗き込んだ拍子に千夏史が膝で突いて倒してしまったのは、空いた酒のボトルだ。

「……なにこれ……びっくりした」

どうやら酔っ払って寝てしまっているらしい。

毛足の長いラグの上を、透明のボトルはいくらも転がらないで止まった。ワインではない。こんな度数の高そうな洋酒も日和佐が飲むとは、千夏史は知らなかった。

それに――

「なんでこんなところで……」

日和佐は部屋着ではなかった。仕事に出るときのような格好だ。シンプルで特に個性的というわけではないけれど、質のよさそうなシャツにパンツ。外から帰ってきてすぐに飲み始めたのか。たとえ一人であっても、だらしなく泥酔なんて日和佐らしくない。

「あ、明さん、こんなとこに寝てたら風邪引くよ。明さんっ、ね……」

何度か呼びかけてみても、起きる気配はない。やっぱり具合でも悪くなったんじゃ……と耳を口元に近づけてみれば、息は穏やかで規則正しかった。

千夏史は安堵《あんど》しつつ、寒気に軽く身を震わせた。

部屋が冷えていた。窓が開いており、遠くの大通りを走る車の音が近く感じられる。吹き込むほどの風はなかったけれど、夜気はするすると部屋の中へ忍び込み、隅々まで満たしてしまったみたいに肌に感じる空気は冷たい。

窓を閉め、どうしたものかと男のほうを振り返った。

寝室に運ぶか、ソファに寝かせるか。そもそも、自分に日和佐は抱えられるのか。

寝室を覗くと、旅行の予定があるらしく、ベッドの上には荷物の纏めかけのキャリーバッグが置かれていた。海外にでも出るとしか思えない、大きな銀色のキャリーだ。

とりあえず荷物は床に移し、日和佐を運ぶことに決めた。撮影旅行があるなら、なおさら体調を崩している場合じゃないだろう。

「明さん、起きてよ！」

やはり返事はない男の腕を取り、千夏史は背負い上げようと踏ん張る。

一応、これでも成人男子だ。女の子よりは遥《はる》かに力がある。担ぐぐらいは可能だろうと思ったのだけれど、身長百八十を超えた日和佐を運ぶのは容易ではなかった。

「明さん、ちょっとぐらいっ、自分で、歩い、て……っ……」

数歩で足がガクガク鳴った。妙な気合いでも入れていないと、その場に崩れてしまいそうになる。

ベッドに辿り着いたところで一気に気は抜け、体勢は崩壊した。

「っ、着い……わっ！」

ぼすり。ダイビングでもするみたいに、ベッドに突っ伏す。背中の重みを受けた体は、嵩《かさ》のある布団に一気に深く沈んだ。

「明さっ……ちょっと、息苦しっ……」

重い。潰され、懸命に手足をバタつかせる。一向に目覚める様子もない男の下で千夏史はどうにか仰向き、ぜえぜえと息を継ぎながら、恨みがましく頭上を仰ぐ。

「死ぬかと思っ……」

酒の匂いが鼻を掠《かす》めた。

すぐ傍にあるその呼吸。日和佐の顔は、千夏史の首筋の辺りにくたりと預けられている。

こんなに傍に感じたのはたぶん初めてだ。

気づいた途端、脈が乱れる感じがした。

アルコールに混じって匂う、日和佐の使っているトワレらしき香り。くんと鼻を鳴らして確かめるごとに、千夏史の心臓は鼓動を速める。

押し潰された体は、こうしていると日和佐に抱きしめられているように感じられなくもない。自然とそんな風に感覚はすり替わっていく。

——明さんに抱かれるのってこんな感じなのかな。

「あ……」

よからぬ考えに、馬鹿正直な体がぽっと熱を持つ。

どうして気持ちと体は切り離せないのだろう。その重み、体温、肌を掠める熱い息。ズキズキと体が痛いみたいに勝手に鋭敏になるのを感じ、千夏史は慌ててその体の下から抜け出した。

眠る男の傍らにへたり込む。自分の覚えた衝動が酷く疚《やま》しくて汚いものに思えた。

今日は由多夏の命日だから、余計にかもしれない。

「明さん……」

偶然だろうか。

どうして、日和佐は今夜酔い潰れてしまったのか。

お酒を飲みたいのなら、いつものように誰かを誘えばいい。女でも男でも呼びつければいい。日和佐に声をかけられれば、喜んで訪ねてくる相手はきっといくらでもいる。

なのに、どうして今夜に限って一人で過ごしたりするのか。

「……明さん、今日のこと……忘れた振りなの？」

捻くれた男。ちっとも素直じゃない。

思えば出会ったときからそうだった。

「……判り辛いんだよ。俺のこと、いつも面倒臭いみたいな顔をするくせに……面倒臭いの、どっちだよ」

返事のない男の頭に手を伸ばしてみる。そろりと触れてみた髪は、想像よりもずっと指どおりがよく、するすると千夏史の指の間を滑り抜ける。まるで捉《とら》えどころのない、日和佐そのものだ。

「……明さん、ごめん」

その顔に触れた。

秀でた額、高い鼻梁。男性的な顔はどこも骨張った感触だったけれど、そっと突いてみた唇は柔らかかった。

「……明さん、ごめんね」

さっきから、自分はどうして謝っているのだろうと思った。

触れてはいけないと、知っているからだ。

自分のものでは少しもないと。

アルコールのせいか、いつもより赤く染まって見える薄い唇に何度も触れる。指先で突き、なぞり――そのあわいから零れる熱い息に誘われるように、千夏史は身を傾《かし》げた。

キスがしたい。

一度でいいから、触れてみたい。

唇を触れ合わせてみようとして躊躇《ためら》う。

キスなんて、きっと何人も何人も、日和佐は自分ですら覚えていられないほど繰り返しているに決まっている。

こんなチャンス、きっと二度とない。ちょっと身を深く傾げてしまえばいい。そうすればキスできる。事故みたいなものだ。

誰にも判らない、自分だけの一生の秘密にでもしてしまえばいい――

でも。

たった二文字の否定が頭に浮かんだだけで、千夏史はそれを行動に移すことはできなくなった。元通りに顔を起こすと、ぼんやりと日和佐の顔を見つめる。

怖気づく理由は馬鹿らしいくらいに単純だった。

「……明さん、俺……できないよ。だってさ、明さん、俺のこと昔っからちっとも好きじゃないから」

苦しい。

好きってみんなこんな感じなんだろうか。

恋って、全部そうなのか。

——この人も、同じように誰かを想ったことがあるのか。

ここにいるのがもし兄であったら、この人もこんな風に酔い潰れたりはしなかったかもしれない。由多夏が生きていれば、今この瞬間、笑っていたのかもしれない。

ベッドの中で、テレビの前のソファで、兄と二人、他愛もないことで幸せそうに笑い合っていたっておかしくないのに。

苦しい。

日和佐を見つめているうちに、千夏史は誰の苦しさかよく判らなくなっていた。


日和佐の夢に現われる由多夏は、決まって高校生だ。

最初の印象が鮮烈だったからだろうか。当然夢の中では自分も高校生で、もう十年以上も触れたこともない、いつ捨ててしまったかも記憶にないブレザーの制服を着て校舎に現われる。

屋上ではいつも空を見ていた。

理由なんて特にはない。そこに山があるから登る奴がいるみたいに、目の前に空があるからただ見上げるのだ。

この世で恐らくただ一つの底のないもの——ぼんやりと寝転がって深い空を仰いだ日和佐は、春の陽光にぽかぽかと温められたコンクリートを背中で感じて、これはあのときの夢かもしれないなと思った。

由多夏と最初に言葉を交わしたあの日。

それを肯定するように、近づいてくる足音が聞こえた。

昼寝を妨げる足音。眠たいのに女だったら面倒臭いなと感じたのを覚えている。

十代らしからぬ異性への冷めた思考は、恋愛体質の母親に負けず劣らず早くから性の経験が豊富だったせいだ。

来る者拒まず。子供のくせに一時も純愛に走ることなく、誰とも本気にならなかったのは、母親のせいで『女』という生き物に対する不信感でも根づいていたのか。

気持ちいいことは好きだ。ただそれだけで、セックスを繰り返す日和佐に寄ってくるのは、同じような享楽的な思考の女ばかりだった。

その日まで。

「日和佐、寝てるの？」

声をかけられ、身を起こした。

眩《まばゆ》いばかりの日差しを浴び、由多夏が立っていた。

現われた男の姿に、夢と自覚した頭の隅で『ああ、やっぱり』と考える一方、体はちぐはぐに反応してあの日と同じ驚いた顔をする。

「あそこからね、君の姿がよく見えるんだ」

そういって由多夏が指差したのは、反対側の校舎。図書室の最奥の人気の少ないスペースだった。クソがつくほど真面目で通っている男は、昼休みも予習だの読書だのに利用しているに違いなかった。

「気をつけなよ。先生に見つかったら、面倒なことになる」

火をつけたばかりの煙草を日和佐は銜《くわ》えていた。のこのこと屋上までやってきて、そんな進言をする男を内心訝《いぶか》りつつも、口調だけは飄々《ひょうひょう》とさして焦った風もなく返した。

「おまえは？　告げ口しないの？　優等生が、わざわざご丁寧に知らせに来てくれたってわけ？」

由多夏は笑んだ。

「うん、そう。だから、注意したお礼。俺にもそれ、一本ちょうだいよ」

ますます訳が判らなくなった。

センスのない笑えない冗談か。

「そりゃ残念だね。もうない、切らして買いに行かなきゃと思ってたとこ。おまえ、行ってきてくれるの？　おまえなら、下の購買でも買わせてもらえるかもな……」

「それでいいよ」

「え？」

「それ、おまえが吸ってるのでいい」

再びごろりと横になりかけた日和佐の元に、すっと白い手が伸びてきた。男にしては随分綺麗な手だな、なんて不覚にも目を奪われてしまった一瞬で、銜えていた煙草はあっさり奪い取られていた。

吸い差しを、由多夏はなんの躊躇いもなしに口元に運ぶ。薄赤い唇に白いフィルターが挟まれる様に、体の奥がざわりと騒いだ。

古びた給水タンクを背に、どこか笑みを浮かべながら自分を見つめる男。それまでも同性と関係を持った経験はなくもなかったけれど、自然と興味を引かれたのは初めてだった。

「思ったよりきついの吸ってるんだね」

由多夏の言葉は、もう何度も何度も、記憶から反芻《はんすう》した気のするセリフだ。

立ち上る白い煙と、日差しに熱せられてひび割れそうに乾いた給水タンク。お決まりの写真フレームの中にでも収まったように、制服姿で蠱惑的《こわくてき》に微笑《ほほえ》む思い出の男。

「……中沢」

ざらついた声が出た。

いつの間にか喉はカラカラになっていて、砂漠の中にでも長い間放り出されていたみたいに、言葉を発するのを拒む。日和佐は喉元の制服のタイを引き毟《むし》り取りながら、言葉を搾り出した。

「なぁ、なんでおまえ、俺に声をかけたの？」

自分はなにを言うのだろうと思った。

そんな会話はしてない。

「俺に興味があったのか？　遊べる相手なら、誰でもよかったんだろう？　なのに、なんで俺にしたんだ？」

頭の芯《しん》がズキリと痛んだ。

日和佐は再生される過去の記憶に抗《あらが》い、問う。

声はまるで届かない。手を伸ばせばすぐに触れられる距離にいるのに、日差しの中の由多夏はきらきらとした光を纏い、さらさらとした髪を風に揺らしながらただ笑っている。

立ち上がる。日和佐はその体に触れようとした。

頭の奥の鈍い痛みが、回りの速い毒みたいにぶわりと広がった。

頭が割れそうに痛い。夢なのに、どうして体が痛んだりするのか。痛い、痛い。吐きそうなほどの激痛は体を突き抜け、バラバラに自分が砕け散る錯覚に陥る。

これは、夢じゃないのか。

「由多夏！」

日和佐は叫んだ。

「由多夏‼　笑ってないで、答えろ‼」

指先が、その男に触れたと思った瞬間、ぐらぐらと足元が揺れた。校舎の屋上はぺらりとした紙のように脆《もろ》く裂け、目に映るものすべては空みたいに底のない暗がりにあっさりと落ちていく。

校舎も給水タンクも。

由多夏も自分も、光も空も。

——全部飲まれてしまったと思ったところで目が覚めた。

「…………たか」

日和佐は、ぱっと目蓋《まぶた》を起こした。

自分はいた。正確には、自分ではなく、自分の目にしているものが見えた。

天井だ。見慣れたクロスは寝室の天井で、日和佐は広いベッドに悠々と手足を伸ばしていた。

暖かい。日に干したばかりのように、ふかふかと嵩のある布団。包まれた体の心地よさに、再び目蓋を落としかけたが、寝返りをうとうとしてズキリと頭が痛んだ。

久しぶりに感じる、寝起きの不快感。尻の辺りではなにかが揺れていた。小刻みの振動は携帯電話で、取り出しながら尻ポケットに収まっている理由を考える日和佐は、外出着のままの自分に気がついた。昨夜、帰宅して着替えもそのままに酒を飲み始めたのも。

完全に二日酔いだ。

『あっ、日和佐さん！　おはようございます』

電話は仕事のアシスタントの男からだ。携帯電話のディスプレイに表示された時間は、七時を過ぎたばかりだった。

「なに、どうしたの？」

日和佐は掠れた声で返す。

『すみません、朝早くに。準備の件で一応確認しておこうと思ったんですけど、中判カメラは645でいいんですよね？』

「え？　中判？　なんの……」

なんの撮影だったか。

フリーゆえ、スケジュール管理も基本は自分の仕事だ。アシスタントはあくまで撮影や事務処理のサポートに雇っているのだが、このところ仕事を詰め過ぎ、自分でも瞬時に把握できなくなることがあった。

スケジュール帳を頭に思い浮かべ、はっとなる。

「ああ……そうか、そうだった。起こしてくれて助かったよ。昨夜どうも飲み過ぎてさ、寝過ごすところだった」

「ええっ、寝過ごすって日和佐さん、今日これからアメリカですよ！　ロサンゼルス！　移動日ですよ⁉」

「判ってるって、だから礼を言ってるだろう。電話口でがなり立てないでくれ。二日酔いで頭ガンガンしてるんだ」

『なんでそんなに飲んじゃったんですか』

まぁ当然の反応だろう。仕事に関して言えば、日和佐は真面目だった。私生活がどんなに乱れてようとも、撮影に穴を空けたことなどない。

飛行機に乗り遅れでもすれば笑ってすませられなかった。被写体のタレントに、出版社の組んだスタッフのチーム。同行者を考えるとぞっとする。

「……さぁ、なんでだろうな。気がついたら、ベッドに寝てた」

昨日、深酒してしまった理由は覚えている。夢にまで嫌みったらしく出てきた。

しかし——日和佐は解せない思いで、ベッドシーツを撫でる。

『日和佐さん、頼みます。僕一人じゃ、途方にくれるしかないんですから』

「そうだな、悪い。大丈夫だ、這《は》ってでも行くさ」

べつに仕事に気乗りしないいなんてことはない。

ただ気分が悪い。体が重い。

自業自得とはいえ、この状態で長時間の飛行機なんて最悪だ。憂鬱《ゆううつ》な思いでベッドを下りる日和佐は、枕元にあるものに気がついた。ベッドのサイドテーブルに置かれた茶色い小瓶を手に取る。

二日酔いのドリンク剤だ。

覚えのない薬、記憶にないベッド。

はっとした表情を浮かべると、携帯電話を耳に押し当てたまま寝室を出た。

『時間、大丈夫ですか？　事務所の機材は僕一人で纏められますけど、そっちに寄ったほうがいいなら……』

専門学校を一昨年《おととし》卒業したばかりでまだ若いが、真面目でなかなかに飲み込みも早いアシスタントは、心配そうに言葉を並べている。けれど、日和佐の耳には半分ぐらいしか届いていなかった。

「俺は子供が好きじゃない」

視界のものを見下ろし、ぼんやりと呟く。

『は？』

「子供は頭が悪い。面倒臭い。我儘《わがまま》で自分の思いどおりにならないとすぐに泣く」
『え、なんの話です？　だ、大丈夫ですか？　日和佐さん、やっぱり僕、今からそっちに……』

リビングはブラインドの隙間から差し入る朝日に、薄明るかった。ソフトフィルターでもかかったかのような、柔らかな白い光の中で、日和佐は広いソファで丸まっている青年を見下ろす。

痩せて小柄な千夏史は、体を縮めて眠っているとまだ少年のように見えなくもない。

給料を取りにきたというわけじゃないだろう。

それだけで来るには時間が遅い。いつ酔い潰れてしまったのか記憶にないが、帰宅して酒を飲み始めた時点で十時近かった。

それに——

一体、どこまで買いに出たのか。確認するように、日和佐は手にしたままの小瓶に目を向ける。

深夜にこんなものを買える店は近所にはない。

胸のどこかが、ざわりと動いた感じがした。ずっと凍りついている場所が、緩んでずるりと地滑りでも起こしてしまったかのような、落ち着かない感覚だ。

『ひ、日和佐さん？』

耳元の声に刺激されたように、日和佐は言葉を発した。

「……二日酔いってのは、どうもまともな思考の妨げになりそうだ」

自分らしからぬ行動をしそうな予感。溜め息をつきながらも、同時に笑っている自分に日和佐は気がついた。


とんでもなく寝過ごしてしまった。

真っ暗だったはずの窓から差し込む燦々《さんさん》とした光が、呆然と部屋で立ち竦む千夏史を照らしつけている。ソファで目覚めたと同時に、はっとなって探した男の姿は、寝室の入口傍に置いたはずのキャリーバッグと共に部屋から失せていた。

信じられない。日和佐は出かけてしまったらしい。よほど急いでいたのかもしれないけれど、それにしてもまったく目を覚まさない自分が信じられなかった。

夜通し起きていた反動だ。

起こさなくていいのか、気分が悪くなりはしないかと、そわそわ落ち着かずに過ごすうちに明け方近くになってしまっていた。ちょっと居眠りのはずが、この有様だ。

途方にくれた気分で、ソファにへたり込む。

目の前のガラステーブルには、白い封筒と部屋の鍵。覚えのある封筒は、確かめると受け取り忘れたあのバイト代だった。

「鍵閉めて、金持って、とっとと帰れ……ってことだろうな」

異論はない。泊まりで家主が家を空けるのに、施錠もせずに出かけられるわけはない。

それでも——

「……一言ぐらい声かけてくれたっていいのに」

千夏史は金色の鍵を手に取ってみる。

ひやりとした感触を手のひらに覚えた。

家を出たあとは、ポストに入れておけばいいんだろうか。まさかこれがメインの鍵ってことはないだろうから……などと頭を巡らせていると、突然すぐ傍でメロディが響いた。

ひっかけて眠っていた自分のダウンコートのポケットだ。

携帯電話のメールの着信音だと判り、どきりとなる。

すっかり忘れてしまっていた事実。家を内緒で出てきていたのを思い出し、慌てて電話を取り出した千夏史はさらに驚いた。

メールは親からではなく、日和佐からだった。

『起きてるか？　撮影でしばらく海外に出る。ロサンゼルス。一週間だ』

今は移動中なのか、すでに空港にいるのか。

説明口調のメールは箇条書きで、やっぱり素っ気ない。けれど、メモの一つすら残さずに出かける男が、わざわざメールを寄こすなんて思ってもみなかった。

続きを受信する。画面をスクロールさせる指は、ぴたりと止まった。

『まだバイトを続けるなら、その鍵を持ってろ。来るのは帰国してからでいい。土産は期待するな。じゃ』

鍵を握り込んだままの右手が熱くなった気がした。

——また、来てもいいんだ。

この鍵の意味は、そういうことだったのだ。

日和佐の部屋の合鍵。べつに託されたのに特別な理由なんてない。恋人になったわけでもなんでもないけれど、それだけのことに正直浮かれている自分を感じた。

「あ……」

ふと思い当たって顔を起こす。

さっきちらっと部屋を確認したときには変わりないように見えた寝室。慌てて移動した千夏史は、ベッドサイドに近づく。

手に取ったテーブルの小瓶は空《から》になっていた。

◇　◇　◇

半信半疑で、一週間を落ち着かずに過ごした。

メールはたまたま日和佐の機嫌がよかっただけかもしれない。けれど、二日酔いで機嫌がよくなるなんて聞いたためしもない。

教えられた帰国の日。千夏史は学校が終わったその足で、日和佐のマンションへと向かった。日和佐はまだ戻ってきていない時刻だったけれど、今の千夏史はこそこそと住人に紛れてマンションに入り込むような真似をする必要はない。

「あ、こんにちは」

エントランスでまた出くわした散歩の犬にさえ挨拶《あいさつ》できる。飼い主は軽く会釈《えしゃく》をしただけなのに、白黒のフレンチブルドッグはしっぽを激しく振っていた。

部屋に着くとまだ明るいうちに掃除だの洗濯だのは済ませた。

鍵まで預かってバイトを続けるには、仕事ぶりがどうにも対価に見合っていない。

時間は充分にある。千夏史が夕方実行に移したのは、数日前から考えていた食事作りだった。

買い物客で賑《にぎわ》うスーパーへいそいそと向かい、手に入れたのは鶏肉といくつかの野菜やら。

唐揚げの材料だ。日和佐はどうやら唐揚げが好きらしい。もしかすると選ぶのが面倒なだけなのかもしれないけれど、弁当を頼まれると決まってそれだ。

手料理を振る舞う女性も中にはいたのか、一通り調理器具は揃っている。千夏史が前日にインターネットでレシピを選んできたのは、香味タレとやらを添える唐揚げだった。

楽勝――なはずがない。調理時間二十分、なんてレシピの説明は誇大情報もいいところで、下準備からタレ作りまでみっちり一時間以上かかった。

材料に手をつける傍から、ピカピカにしたはずのキッチンが荒れていく。料理を作っているのか散らかしているのか判らなくなってきたものの、後には引けず前進あるのみで、どうにか試食まで漕ぎつけた。

「……結構いける、かも」

思いがけず美味《おい》しい。

これなら日和佐も気に入るかもしれないと、千夏史のテンションも上がる。付け合せのサラダのメインはセロリ。自分は苦手な野菜を選んだのは、やはり日和佐が好きな食べ物だからだ。癖のある野菜ほど好きらしいからしょうがない。唐揚げに香味タレを選んだのもそのせいだ。

間に合わないかもしれないと思っていたけれど、予想より日和佐の帰りは遅く、八時を過ぎていた。

自分が部屋にいると思ったのだろうか。

インターフォンが鳴り、慌てて玄関に向かうと、ドアの向こうに少し疲れた顔で日和佐は立っていた。

「千夏史、運ぶの手伝ってくれ」

『おかえり』も『久しぶり』もない。言葉を交わすのは実に約三週間ぶりで、随分間が空いてしまったにもかかわらず、日和佐の調子はまったく変わりがなかった。

「あ……う、うん」

ずいと出されたキャリーバッグ。大荷物で床を傷つけてはマズイだろうと、抱えて運び始める千夏史に日和佐は声をかけてくる。

「転がしていい。腰が抜けるぞ」

「あ、うん」

「おまえ、早くから来てたのか？」

「あ、うん」

さっきから『あ』と『うん』しか発していない。

千夏史は慌てて言葉を探した。

「お、遅かったね。もっと早いのかと思ってたよ」

「ああ、成田からリムジンバスにしたら、途中から道が混《こ》んでてな」

仕事に長距離移動、ダメ押しで渋滞。珍しく疲労感を滲ませている日和佐は、早く休みたいのかと思えば、寝室に荷物を運び込むなり荷解《にほど》きを始める。

「後にしないの？　疲れてるんじゃ……」

「ほら、一応土産だ」

ベッドに置いた黒いナイロン製の手提げ袋から、手のひらサイズほどの紙袋を日和佐は取り出す。

「お土産？」

「礼だよ、二日酔いの薬の。べつに介抱してくれと頼んだつもりはないが」

「あ……か、勝手に家に入った。ごめん、返事がないから気になって……その、電気ついてたし、今までに居留守とかなかったし、それにあの日は兄さんの……」

自分がなにを言おうとしているのか察したのだろうか。

屈めていた身を男は起こし、千夏史の言葉を遮る。

「わっ」

ひょいと土産の袋を投げ渡された。

『開けてみろ』と言われ、テープ一つで止められただけの袋を開ける。急かすぐらいだから、なにか目を引くものが入っているのかと思えば、土産と呼ぶには奇妙なものだった。

「……なにこれ」

リンゴだ。赤くて丸いが、ごつごつしている。赤いロープで編まれたリンゴだった。てっぺんから緑のヘタが飛び出てなければ、リンゴと思わなかったかもしれない。

野球ボールより小さいが、ゴルフボールよりは大きい。置き物にしては正直チープ過ぎるし、日用品にしては用途が判らない。

「もしかして、布たわし……とか？」

「貸してみろ」

脇から取り上げると、日和佐はおもむろにそれを部屋の隅に投げた。

「ちょっ……ちょっと、なにすんだよ！」

思いのほか弾んだ布リンゴは、転々とカーペットの上を転がる。

「取って来い」

「はっ!?」

「犬用のおもちゃだ。こうして使う」

犬のおもちゃ。

リンゴ形の布ボールだったと知り、千夏史は硬直した。

「犬って、明さん……」

首輪やリードじゃなかっただけ、マシと思うところなのか。

「日用品を買いに入ったホームセンターで投げ売りだったんだ。あっちのオモチャは色がドギツイのが多いな。まぁ、ケーキが青かったりするお国柄だからな」

言葉を失った千夏史に、日和佐は小さく笑う。ちょっと悪戯《いたずら》にでも成功したみたいな表情だ。

「なんだ？　気に入らないなら近所の犬にでもやるが」

今日も会ったばかりの、尻尾を振りつつよだれを流していた変顔の犬が頭を過ぎった。

あの犬なら、それは大喜びだろうが——

「い、いるよ。俺がもらうよ、ありがとと」

千夏史は拾いに行った。

また投げられては面倒だと背中に回せば、ぼふっと頭を叩かれる。

「笑顔がない」

いつもの日和佐だ。ちっとも嬉しくない子供扱いなのに、ほっとして力が抜ける。

「喉が渇いたな。機内で飲み食いしたのが最後か、あれ何時だっけ……完全に時差ボケだな。腹も減ったし……」

伸びをしながらキッチンに向かう男に『あっ』となる。ミネラルウォーターの入った冷蔵庫に辿り着く手前で、日和佐は足を止めた。

「これはなんだ？」

視線の先は、カウンターの皿だ。

「……唐揚げ。作った」

妙な緊張のあまり、極めて端的な答えになる。

「ふうん」

日和佐の突っ込みも、あっさりしたものだった。

「あの、それだけ？」

「それだけって？　食べてもない料理に感想を強要するのか、おまえは？」

「いや、そうじゃなくて、こないだは弁当がいいって……」

「用意しろ。腹が減ってる、おまえも食べるだろう？」

やっぱり、日和佐が以前と違って感じられる。迷惑千万、余計なことはするなと言われたほうがしっくり落ち着くなんて、おかしいのは自分かもしれないけれど。

食事を始め、否定的な反応が飛び出したときには、思わずほっとしてしまったぐらいだ。

二人分の皿に茶碗。白いダイニングテーブルを挟んで食事を始めた直後だった。

「唐揚げのようなものだな」

日和佐は開口一番そう言った。

「ひどいな。唐揚げのようなって、なんだよ？　ちゃんと唐揚げだよ、初めてにしてはよくできたと……」

自画自賛。味見で得た自信のままに口に運んだ千夏史は、一瞬にして微妙な顔になる。

唐揚げなのに、まるでからっとしてない。さくっとも、ぱりっともしない。揚げ立ての食感とは別物だった。レシピの写真を真似て、作ったタレをかけて置いたせいで、すっかり衣が湿ってしまったらしい。

確かに、『唐揚げのようなもの』と化している。

「味は悪くない」

日和佐にフォローされるなんて、喜んでいいのやら悲しんでいいのやら判らない。

千夏史は一転落ち込み、箸《はし》の動きも鈍る。

けれど、すぐにまぁいいかと思い直した。なんだかんだ言っても、好きな相手が自分の作った料理を食べてくれている状況は嬉しい。

彼に手料理を振る舞う女の子の気持ちってこんななのかも……なんて、寒いことまで考え始めたところで日和佐と目が合った。

「なんだ？　楽しそうだな、千夏史」

「え……べつに楽しくないよ」

「今、笑ってたろ」

「笑ってない」

「はー、ホント可愛げがないな。人の顔見てニヤニヤしてたくせに」

「してないよ。えっと……明さん、髪伸びてるなぁと思って、ちょっと見ただけで」

それは嘘ではなかった。実際、前髪も肩に触れるぐらいだった後ろ髪も、全体的に長くなった印象だ。

「ああ、先月から珍しく撮影旅行が重なったからな。切りに行く暇もなかった」

「忙しそうだったもんね。今回のはどんな仕事だったの？　アメリカまでロケなんて、なんの撮影？」

「グラビアだよ。雑誌の特集の」

味噌汁《みそしる》を啜りながら言う男は、なんの気なしの調子で説明するものの、千夏史の大学の友人が聞けば目の色を変えるような人気タレントの名が出てくる。

「へぇ……すごい。明さん、最近なんか……どんどんすごいとこ、行っちゃう感じだね」

「べつにすごくない。ネームバリューがある相手の仕事はやり辛い。指名しておいて要求が細かいっていうか、こっちも気を使うしな」

日和佐の仕事での人気は今始まったわけじゃないけれど、普段の態度からはあまりそれを感じられない。駆け出しで六畳一間のアパートに暮らしていたときだって、飄々とした構えで大物の風格を漂わせていた男だ。

ずっと、変わりない。なんだか、それはとても嬉しいことのように思える。

「そういえば……明さんて、いつもいろんな雑誌見てるね。興味あるの？　風景写真、とか」

ここに通うようになって、密かに疑問を覚えていた事柄だ。

「そうだな。人物ばっかり撮ってると、たまには違う刺激が欲しくなる。今度、写真集も出す予定なんだよ。あっちはあっちのプロがいるから、べつに風景写真で一冊出そうってわけじゃないけど、いろいろ俺がいいと思う写真をね、集めた一冊」

「え……そうなんだ。それで……」

「まぁ、まだ企画段階だ。どこでなにを撮るかも半分も見えてないって感じだな。明日からは少し仕事も余裕が出るし、その辺うろうろしながら考えるさ。最近、仕事でしか車も出してなかったしな」

「ドライブ？　いいね、ちょうどいい季節だし、きっと山とか紅葉が見頃だよ」

思いつきに、千夏史は箸を止めてテーブルのほうへ身を乗り出す。

こちらを見た日和佐が、ふっと笑った。

「な、なに？」

「いや、相変わらず年寄り臭い発想だなと思って」

「と、年寄りって……え、だって綺麗なものは綺麗だろ。車が運転できれば山も海も見てみたいし、誰だってきっと……」

「じゃあ一緒に来るか？」

日和佐の言葉を、千夏史は一瞬理解できなかった。

あまりに簡単な日和佐からの誘いに呆然となる。

「え、い……いの？」

声が上擦《うわず》った。

「よくなきゃ声かけないだろ」

自分の顔が、ニヤニヤを通り越してぱっと嬉しそうに破顔するのを感じ、慌てて千夏史は頬を引き締める。

そんなに喜んでは変だろうと、迷う素振りを見せたりする。

「あ……えっと、どうしようかな。明日は午後は休みだけど、午前中は一つ講義があるし……」

白々しかったのか、日和佐はあっさりと決定した。

「ついて来い、荷物持ちがいないと不便だ」


翌日の天気はあいにくの雨だった。

昼前に日和佐が大学近くまで迎えに来たときにはまだ晴れ間の覗いていた空は、車で群馬の奥利根方面を目指すうち、一転どんよりと重たく厚い雲に覆われた。

「せっかくここまで来たのに、残念だね」

ぽつりとフロントガラスを叩き始めた雨に、助手席の千夏史は言う。

「ちょうどいい。雨も嫌いじゃない」

雨の中でハンドルを握る日和佐の横顔は、不思議と笑んでいる。

高速道路のサービスエリアで昼食はすませ、一路山間《やまあい》を目指す。山は綺麗に赤く色づいていたけれど、雨のためか平日のためか車の数は少なかった。

車道の案内にも出ていた渓谷付近でまずは車を降りる。傘を差さずにはいられなくとも、うろつくのもままならないほどの雨ではない。

「雨はさ、物の色が美しく見えるから結構好きなんだ」

ぱらぱらと雨粒の音がする傘の下で、日和佐は言った。

「え、逆じゃないの？　だって太陽出てないと暗いし」

「光源があり過ぎるのもね。光の中はいろんなものが輝き過ぎて、焦点が定まらない。フレームの中で美しい色は、一つのほうが際立って見えるもんだ」

ちょうど季節なのだろう。誰かが植えたのか、自然と増え広がったのか、駐車場から続く遊歩道の入口にはホウセンカの花が咲き連なっていた。

濃いピンクに白。ところどころ薄い黄色もある。

街中でも見かける花だ。普段は特に目を引くこともない花の色が、言われて見ればどんよりした空の下、雨の中では鮮やかに浮き立って見える。

日和佐が濡れた花弁を指先で弾くと、ぱっと水飛沫《みずしぶき》の輪が広がった。

「自然光は面白いよ、時々意図しないこともやってくれる」

「ふうん……たしかに、自然のものは綺麗だね」

いつもはなんとなく見過ごしていたものの力強さに目を奪われる。素直に感心したのに、返事は日和佐らしかった。

「そう感じるように人はできてるんだよ。人も自然の生み出したものの一部だから、脳がそういう風にできちゃってんの。自然の美しさには逆らえないようにね」

「明さん、相変わらず考え方が捻くれてる」

「そうか？　そう考えたとき、俺は人物以外の写真ももっと撮ってみたいって思ったんだけどな……」

シャッターの音がする。プライベート用なのか仕事と兼用のカメラなのか判らないけれど、日和佐は手のひらサイズのデジカメを構えていた。

身を屈めて花にレンズを向ける。

「それって、昨日言ってた写真集のこと？」

「ああ。まぁやっと俺も自由が利《き》くようになってきたかな」

「自由……今までの仕事はなかったの？」

「まるでないってわけじゃないけどね。好きなことだけやって、順調にこられるわけないだろう？　どの世界も厳しいさ。写真も、一昔前は濡れ手に粟《あわ》の商売だったらしいが、そんなもの俺が入る前から終わってるしね」

千夏史は戸惑った。尋ねておきながら一瞬黙り込んだ千夏史に、日和佐はカメラに落としていた視線をこちらに向ける。

「なんだ？　俺のことだから、美貌と才能だけで上手《うま》くやってるとでも思ってたのか？」

「そ、そういうわけじゃないけど」

冗談めかして言う男に、やっぱり上手く応えられなかった。

こんな風に、普通に話してくれるとは思ってもみなかったのだ。いつでもなんでも日和佐は煙に巻いてしまう。

「いろいろやったよ。仕事で扱《こ》き使われるのはまぁ下積みだから当然だし、理不尽だらけのこともやったし、たまには師匠のセクハラに付き合ってやったりもね」

「セクハラって……明さんのカメラの先生って男の人だよね？」

「べつにゲイなんて珍しくもない。いろいろ変わり種がいる世界だし、俺も人のことを言えた義理じゃないしな。まぁテキトーに流したけど、お触りぐらいはね。酔っ払ったオヤジが拗《す》ねると面倒だから、いろいろと」

ますますどう応えていいのか判らなくなる。

「軽蔑するか？」

「軽蔑なんて、俺はべつに……」

「はは、今更か。俺のロクでもないところなんか、おまえは山ほど見てるし？」

そうだ、うんざりするほど見てる。女にも男にも節操がなくて、血縁の紗和には色情狂なんて言われたりして、使用済みコンドームをわざと自分に片づけさせるような男だ。

褒められないところなら、いくらでも知ってる。

だからこそ、真剣な部分を言葉で知れたのが意外だった。

「仕事はまぁ今は順調だけど、こなせばこなすほど自分に求められるものは決まってしまう。それで幅が狭まる前に、思いついたことはやってしまいたくてさ。だから、今回の話が纏まったのは嬉しかったかな」

シャッターの微かな音が、雨音の隙間を縫うように数度続けて鳴った。

正直、日和佐の仕事について千夏史は大して理解できてはいない。知っているのは、でき上がった写真が美しく鮮烈で、人の目を惹《ひ》かずにはいられないことぐらいだ。

けれど、上手く応えられないながらも、千夏史は判ったような顔で頷く。

話してくれるのが、正直嬉しい。

「それ……その仕事、上手くいくといいね。あ、発売日決まったら俺も予約するよ」

ちらとこちらを見た日和佐は『しまった』とでも言うように、バツの悪そうな表情を見せた。

ふいっと顔を背ける。

「貧乏学生のおまえの懐《ふところ》に頼るようじゃ写真集は失敗だな」

可愛くない。どうやらいつもの憎まれ口に戻ってしまったらしい。

日和佐は、腕の時計を確認しながら紅葉の絨毯《じゅうたん》の広がる道へ進んでいく。

「明さん、今夜仕事なんだっけ？」

「ああ七時半から仕事っていうか、打ち合わせって名目の飲み会だな。先生も来るらしいし、久しぶりに会ってご機嫌伺いでもしとかないと。今度出してもらう出版社、師匠と繋がりの深いところだから、ヘタに横槍《よこやり》入れられると面倒だし」

「カメラマンってそんなに立場強いの？」

「顔の利く大御所だからだ。世代交代とか煽《あお》るバカな奴がいるせいで、俺はどうも最近はすっかり師匠の目の敵《かたき》でね」

苦笑混じりで言う。

基本的にマイペース。他人にまるで左右されないように見える日和佐も、いろいろと軋轢《あつれき》を感じているらしい。

その先のドライブは、本当に行き当たりばったりだった。車に戻っていくつかのスポットを時間いっぱい移動し、最後に足を踏み入れたのは水源の川沿いに広がるブナの原生林だ。

白灰色の樹皮の美しいブナは絵になる。真っ赤に色づいた蔦《つた》状のウルシを纏う姿は、芸術なんて縁のない千夏史の目にさえどこか幻想的に映った。

「千夏史、そこ邪魔《じゃま》だ、どけ」

「あ、うん」

「バカ、余計にフレームに入るだろ。右だ、右に避けろ」

「え、あ、こっち？」

「足が入ってる、傘も邪魔だ。あ、おまえ、地面に足跡残したろ？」

「……明さんっ、そんなに俺を写真に入れたくないわけ!?」

冗談なのか、本気なのか。千夏史が場所を空けた途端に、シャッターを立て続けに切り始めたから本気なのだろう。

写真に入れてもらおうなんて思ってないけれど、こうも障害物扱いされるとさすがに不貞腐れる。

というか、正直凹《へこ》む。

「千夏史？」

「その辺うろうろしてるから」

千夏史はその場を離れた。

森の木々が遮っているのもあるけれど、雨はだいぶ止《や》みかけているようだった。木々の中では歩き辛い傘を畳み、付近をうろうろと散策した。

静かだ。堆積した落ち葉を踏み締める音と、川のせせらぎ。千夏史は音に誘われるように、沢のほうへ自然と足を向けていた。

ずっと小雨だったけれど、結構な速さで川は流れている。上流らしくごつごつとした歩き辛い岩肌を進み、流れの縁まで近づくと、しゃがみ込んで意味もなく周囲の落ち葉を川の流れに乗せたりした。

「千夏史、帰るぞ！」

日和佐の声がしたのは、十五分か二十分か、そのくらい経ってからだ。山の夕暮れは早い。晴れ間の覗くことのなかった空は、まだ五時前だというのに薄暗くなり始めていた。

「あ、はーい」

千夏史は慌てて立ち上がった。振り返ると木々の向こうに日和佐の姿が見え、すぐに返事をする。

早く戻ろうとして、はっとなった。

ジーンズのポケットに手をやるが、そこに下がっているものの感触がない。

「あっ」

落としてしまったものが、彷徨《さまよ》わせた目に映る。沢の縁で浮き具みたいにひょこひょこと揺れているのはリンゴだ。

日和佐のくれた、犬のおもちゃのリンゴ。

葉っぱのループにチェーンを通して、キーホルダー代わりにしていたのだ。

流れる。そう思った。

揺れる赤い色は、クルクルと回りながら流れに乗った落ち葉のように今にもするりと消えてしまいそうで、千夏史は焦った。

勢いよく数歩足を踏み出す。

「ちょっと、待っ……うわっ」

濡れた石に見事に足を取られてしまい、派手に転びながらも手を伸ばすのはやめなかった。

「千夏史！」

驚いた日和佐の声が聞こえた。

ジーンズ越しに膝を石にぶつけた痛みと、手や頬に受けた冷たい水の感触。けれど、ざらりとした赤いロープ製のリンゴも手のひらで感じ、千夏史は安堵した。

ほっと手を引き寄せる。

千夏史は首を捻った。

だらだらと手首を伝って滴《したた》り落ちる赤い色。目に映る不可解な光景を、一瞬リンゴの色が流れ出てしまったのだと思った。

「こけて怪我《けが》するなんて、子供みたいだ、ホント」

病院の待合室の隅に座る千夏史は、情けない声だった。

左手をぐるぐる巻きにしたハンカチは、滲むというより噴き出した血で真っ赤に染まっている。乾き始めて黒ずんだ色は止血が上手くいっている証拠なのだろうけれど、外したらどうなるのか判らない。

転んだ弾みに石で切りつけた傷は思ったよりも深かった。手の付け根辺りにばっくりと開いた傷口は、それと判ったときには正直気が遠のきそうになった。

驚いた日和佐が、すぐに車で病院を探してくれた。山を下り、道沿いに見えて飛び込んだのは、田舎にしては比較的大きな総合病院だ。

「痛むのか？」

千夏史の腿の上の手を、隣に座る日和佐は覗き込んでくる。しきりに右手で押さえているのに気づいたらしい。

時間が経つに連れ、痛みはズキズキと脈打つみたいに酷くなっている。

「大したことないよ。どうせ縫うとしても一、二針ぐらいだろうし。明さん、もう先に帰って」

「は？」

「さっき受付の人に訊いたら、ここ駅からそんなに遠くないんだって。駅までタクシー呼んでくれるっていうし、一応時間が合えばバスもあるらしいし、だから俺一人で帰るしさ。仕事の時間、やばいんでしょ？」

もう夕方六時になろうとしている。

どんなに急いでも、ここから都内に戻るにはまた車で一時間半近くかかる。

夕方の病院は予想外に混んでいた。同じに長椅子には、しきりに咳《せ》き込んでいる風邪っ引きらしき子供と母親。前方には松葉杖の老人。様々な患者が自分の名を呼ばれるのを待っている。外科の順番待ちはその一部といっても時間がかかりそうだ。

すでに千夏史も二十分ほど待っている。

「明さん、仕事行きなよ」

「仕事じゃない、ただの飲み会だ」

背後の壁に背中を預けた日和佐は、なんでもないことのように軽く目蓋を落とし、面倒臭そうに応えた。

「打ち合わせだって言ってたくせに。それに、明さんの先生来るって……行かなかったら、きっと先生怒るよ？」

「ちゃんと行くさ。ちょっと遅れるだけだ、おまえに心配されなくても連絡ぐらいする」

「だから、今すぐ帰ればまだ間に合うって！　酔っ払いのオヤジが拗ねると大変だって言ってたの、明さんだよ？　俺は自分で勝手に怪我したんだし、電車で帰るぐらいできるし、今日はバイトもないから暇だしさ」

一向に立ち上がろうとしない男の服の袖を摑んで揺する。言い募る千夏史は、思わず口を滑らせたのに問い返されるまで気がついていなかった。

「バイト？」

「あ……」

日和佐が目の前にいるのに、ハウスキーパーの話は変だったかもしれない。

カラオケ屋のバイトを続けているの、バレてしまっただろうか。

本当はお金に困ったりしていないこと——

日和佐はこちらに目を向けた。物言いたげな眼差しは、確かになにかを察した気配なのに、それ以上追及してはこない。

まるでなにも聞かなかったように、再び壁に凭れて目蓋を落とす。

「あ、明さん、俺は一人で平気だから」

日和佐は目を閉じたまま、短く息をついた。

「おまえはそれでいいのか？」

「う、うん、いいよ？　大丈夫」

「そうじゃなくて……まぁ、いいか」

なにが違うのか。

「千夏史、金はあるのか？　治療代は？　保険証ないだろう？」

「え……た、たぶん大丈夫」

「そうか。じゃあ、俺は帰る」

「あ……うん」

ひょいと立ち上がられて戸惑う。自分から切り出しておきながら、あっさり帰られてしまうと、取り残されたような気分が少し湧いた。

『気をつけて帰れよ』と言い残し、日和佐は出て行った。

後ろ姿の消えた出口を、千夏史は待合室で一人過ごす間に何度も見てしまった。

「中沢さん」

ようやく呼ばれたと思ったら、医者はぱっと見で『三針かなあ』と言い渡した。

七時を回り、処置を終えて病院を出る頃には辺りは真っ暗。おまけにいつからか雨がまた降り出していた。

山裾《やますそ》の空気は、まだ秋とは思えない冷たさだ。千夏史はぶるっと身を震わせる。こんな田舎じゃ、駅までのバスなんて期待できそうもないと思いながらも、タクシーを呼ぶのは一応バス停を確認してからにしようと目の前の通りへ足を踏み出した。

千夏史は眩い光に目を細める。

病院の入口のポーチを出てすぐだった。突然駐車場から近づいてきた車のヘッドライトがさあっと辺りを照らし出し、千夏史は眩《まぶし》さに顔を顰めた。

「乗れ」

運転席の窓を開けて声をかけてきた男に、呆然となる。

「……なにやってんの」

日和佐は何事もなかったかのように乗車を促す。帰っていなかった男に驚くと同時に、ここにいることの意味を考える。もう七時半の約束なんて、どうやったって間に合わないし、ちょっとの遅れではすまされない。

「あ……明さん、なにやってんだよ！　バカ、なんでさっさと行かなかったんだよ！」

思わず声を荒げていた。

「バカはおまえだ、子供置いて帰れるか。雨もまた降り出してきたしな」

落ち着いた日和佐の声は淡々として聞こえた。

小雨ではない。大粒の雨が、千夏史の差した青い傘も銀色の車体も叩く。

「早く乗れ。さっさとしろ」

今更、意地を張ってもしょうがない。千夏史は促されるまま助手席に回って乗り込む。

すぐに車は走り出した。嵌《は》めたばかりのシートベルトを無意識に握り締めたまま、千夏史は冷や汗が噴き出しそうな気分で前方を見据える。

「どうだったんだ？　怪我は大丈夫だったのか？」

「え、うん、縫ったけど平気。大したことない……」

「そうか、ならよかったな」

日和佐の声に苛立《いらだ》ったところはない。

怒ってくれたほうがよかった気がした。昼間は雨の中でもまだ明るく光って見えたシルバーのボンネットも、今は夜の暗がりに沈んでいる。黙って車の助手席に座っていると、父親にでも家に連れ帰られている気分になる。

本当に、これじゃあ子供だ。

日和佐が帰れなかったのも当然だ。

千夏史は気づいていた。日和佐が待っていてくれたと知った瞬間、心の底ではほっとしてしまった自分を。

「ごめんなさい」

シートベルトを握る手に力が籠《こ》もる。左手は白い清潔な包帯に包まれているけれど、視線を落としたジーンズの膝は泥に汚れたままだった。

「……のせいで、俺のせいで大事な仕事……もし写真集出なくなったりしたら、俺のせいだ」

「アホか、そんなことで俺の仕事がどうにかなると思ってんのか」

くだらないと運転席の男は笑い飛ばした。

「明さん……」

ハンドルを操る長い指の手が、フロントガラス越しの街灯の明かりに照らし出される。

「悪かったな、雨なのに山なんかに連れ出して。人を連れて行くなら、もう少し考えればよかったよ。俺としたことが……」

「そんなの！　雨ぐらい、俺は女の人じゃないんだから大丈夫に決まってるだろ。デートとか、そういうのじゃないんだから……場所なんてどこだっていい！　どこだってっ……」

カーブの動きに合わせ、体が揺れる。遠心力でシートに押されそうになるのに逆らい、千夏史は身を乗り出した。

「あ……」

運転席のほうへ体を捩った拍子に、ジーンズのポケットからまたリンゴが落ちそうになる。キーホルダー代わりのリンゴのボールと連なる鍵を、千夏史は慌てて上着のポケットに突っ込み直した。

「鍵、なくしても知らないぞ」

フロントガラスの向こうを見つめたまま、日和佐が言った。

「え……」

「そんなの、カッコ悪いだろ。もっとマシなキーホルダー使えよ」

日和佐は目にしていないと思っていた。

必死になって、流れに乗ろうとしたものに手を伸ばした理由――

千夏史は怪我をした瞬間よりも、血の引く思いがした。

あてずっぽうでも、疑いを抱いているのでもない。もうはっきりと日和佐は自分の気持ちに気づいているのだ。

思わず、言葉を待つ。車を走らせる日和佐の横顔はこちらを向こうとはせず、部屋で不意打ちで告げられた夜みたいにはっきりと言葉にしようともしない。

どうして追及しないのだろう。

千夏史は痛むのも構わずに、いつのまにか包帯の左手を泥で汚れた膝上で握り締めていた。

この関係はなんなのだろうと思った。

好きと言わない。訊こうとしない。

好きだと思う人に、好きだって伝えるのはそんなにも難しいことなんだろうか。

雨が車を叩く。路面も、街灯も、道路脇の木々も。行く先のすべてが雨に閉ざされて見える。

ワイパーが利かないほどいつの間にか雨脚は強くなっていて、車の中の乾いた空間は一回り小さくなったみたいに千夏史には息苦しく感じられた。

「私も見たかったなぁ、日和佐《ひわさ》先生のステキな土下座」

その女の姿を撮影中のスタジオが入ったビルで偶然見かけたとき、日和佐はげんなりした気分になった。

目が合った瞬間、牧野《まきの》は勝ち誇りでもしたかのような笑みを見せつけてきたからだ。

「なんの話だ？」

休憩にスタジオから出たのが災いした。日和佐は何度かハエでも追い払うような仕草をして見せるが、一向に牧野は去る気配はない。

コーヒーコーナーの自販機で飲み物を選ぶ間も貼りつかれ、触れたくもない事柄に正面から切り込んでくる。

「なにやらかしたか知らないけど、神原《かんばら》先生を怒らせたんだって？」

大遅刻で師匠を怒らせたのは、もう二週間前の話だ。約束の店に着いたときにはすでに帰ってしまっていた。

曲がったヘソを戻すのに苦労した。むしろ、ごねる理由ができて向こうは楽しかったかもしれない。詫《わ》びを入れようと翌日早くに連絡をすれば、都内で撮影中だから来いと呼び出され、顔見知りのモデルだの撮影スタッフだのの前で平謝りする羽目になった。

それが、ちっぽけなモデル事務所社長の元にまで話が届いているとはだ。

「土下座まではしてない。勝手に尾ひれつけて話を広めるな」

「私は広めてるんじゃなくて、聞いたほう。ちょっと人づてに耳にして心配になってたところよ」

「心配？　おまえが？　さっき『ステキな土下座』とか言ってなかったか？」

今は血縁ゆえの気兼ねなさがあるにしても、以前の彼女は自分を毛嫌いしていた。

高校時代の牧野は、とにかく目立つ派手なギャル女だった。容姿も化粧も、遊び方も。

遠いとはいえ、親戚なのでお互いの知らなくていいことまで知っている。家庭事情など、悪いことほどよく伝わってくる。ちょっとばかり複雑な家庭環境に、スレた子供。恐らく、お互いに思春期に覚えていたのは同属嫌悪だった。

今だって、利用価値があるから傍《そば》にいるだけかもしれないが。

「あれね、とうとう罰が当たったのね」

「なんの罰だ？」

「うちのコのブック写真撮ってくれない罰」

「またそれか」

「それ以外なにがあるっていうの」

胸を張って言われても困る。日和佐は長居を避けて、購入した紙カップのコーヒーを立ち飲みですませながら疑わしげな眼差《まなざ》しを向ける。

「紗和《さわ》、ここにいるのは本当に偶然なのか？　おまえ、最近よく俺の仕事先に現われるな」

「失礼ね、ストーキングするほど暇じゃないです。今日はうちの新人のコの撮影をここでやってるの」

「ふうん」

「ねぇ、そんなに私の依頼が面倒なら、さっさと撮ったほうがいいわよ？　こないだ読んだ自己啓発の本にね、嫌なことを先延ばしにするのは運を逃すって書いてあったの。引き摺《ず》ったって、いいことないわ。嫌な問題こそ、早く片づけるべき！　日和佐先生のためを思って言ってるのよ！」

「ものすごいすり替え理論だな。ある意味感服に値するよ」

熱いコーヒーを火傷《やけど》しそうになりながら喉《のど》に流し込む。午後になって集中力が下がってきていたところだから、目を覚ますにはちょうどいい。

人がコーヒーを飲むところを見たって少しも面白くないだろうに、牧野は傍《かたわ》らでじっと見つめていた。

いつの間にか話が戻る。

「ねぇ明、ヘマも珍しいけど、土下座なんてどうしちゃったの？　いつからそんなにプライド低くなったの？」

「だからしてないって」

「ひらひら尾ひれがつくぐらいの詫び入れしたんでしょ？」

彼女は泳ぐような手つきを見せ、日和佐は渋い顔で応える。

「仕事がかかってたからな。来年春に出る予定の写真集があるんだよ。盾に取られてるようなもんだから知らん顔はできないさ」

至極真っ当な理由だ。けれど、まるで納得いかない顔で目の前の女は自分を見ている。

「そんなの、べつに師匠に遠慮しないですむ出版社で出してもらえばいいだけじゃない？今なら、よそでだって出してもらえるでしょ？」

「そう簡単な問題じゃない。また企画からぐだぐだやってたら発売が遅れる」

「え？　そりゃあせっかく詰めてきてるとこ、面倒かもしれないけど……遅れたくない理由でもあるの？」

首を捻《ひね》る姿に、余計なことを思い出してしまった。

『もし写真集出なくなったりしたら、俺のせいだ』

帰りの車の中で、何度も『ごめんなさい』と繰り返していた千夏史《ちかし》。普段は説教臭いことも言う生意気な声が震えていた。

そのせいじゃない。

だから詫びを入れたわけじゃない。遅刻ぐらいで制作にストップをかけられるのは日和佐もゴメンだった。つまらない自尊心に拘《こだわ》って仕事の機を逃すほうが、よほどプライドがない。

けれど、千夏史の言葉を思い出したのも事実だった。

あんなふうに泣きそうな声で言うから。

置いて帰っていいなんて、痩《や》せ我慢のくせに言ったりもするから。

そのとおり、残して帰ろうとした。でも、できなかった。恐らく、雨なんてまた降り出さなくとも、自分は車を出さなかっただろう。

——なんなんだ、一体。

面倒臭い。

日和佐は飲み終えたコーヒーのカップを軽く握り潰《つぶ》すと、ダストボックスへひょいと投げ入れる。乾いた軽い音がして、ちらとそれを横目で確認しながらスタジオのほうへ戻り始めた。

当然のように牧野は廊下をついて来る。

「紗和、おまえさ……犬のオモチャ嬉《うれ》しいか？」

エレベーターにも同乗した女に、ふと問いかけてみた。

「え？」

「だから、犬のオモチャ。人にもらって嬉しいかって……たとえばそうだな、そのお高いブランドバッグにでもさ、喜んでぶら提げて歩くかって訊《き》いてんの」

女性にしては長身の肩にかかった、無駄に重そうな金属の装飾つきの革バッグを顎《あご》で指すと、牧野は露骨に眉を顰《ひそ》めた。

「誰か提げて歩いてたの？　ていうか、なんで犬のオモチャなの？　どうやってバッグに提げるのよ？」

　こちらが訊いたのに質問責めだ。

「明、あなたがそれを誰かに上げて……ああ、もしかしてあの子？　ねぇ、それって……」

　元々、画期的な返事を期待していたわけじゃない。墓穴を掘るだけになった会話の途中で、日和佐はついて歩く彼女をぴしゃりと押し留《とど》めた。

「ここまでだ」

「ちょっと！　なによ、自分から話し始めたんでしょう？」

「話の問題じゃない。人のスタジオにまで入ろうとするな」

「え……あっ、ちょっと写真はっ？　ブックはいつにすんのよっ⁉」

　鼻先で扉を閉めてやった。少し胸のすく気分を味わいながら、スタジオ内に向き直ると、傍の椅子に集まっていたスタッフたちが不思議そうにこちらを見る。

　アシスタントの男が口を開いた。

「ど、どうかしたんですか？」

「いや、なんでもない。邪魔《じゃま》が入りそうになっただけだ。再開しようか」

　レギュラーで入っている女性誌の撮影だ。

　午後からは表紙撮影に移った。日和佐はフィルムも積極的に使うほうだが、雑誌表紙に関してはほぼデジタルで撮っている。ロケのように機器の変更や、レンズの交換を頻繁に行うこともなく、スタジオではメインのカメラ一機で一気に撮っていく。

集中した。

モデルは若く美しい。それにプロのメイクも加わり、カメラの前に立った時点ですでに肌色は作り込まれている。写真の仕上がりが実物に劣るわけにはいかない。

空間に深度があるように、人の肌にも深さがある。心と同じ、目には映っているようで映らない深み――日和佐はそれが写真には映り込むような気がしている。

だから、写真に興味を持ったのかもしれない。

見えないものが、映る気がしたから――

時々、カメラを構えるとそんなことを思う。

気持ちが集中すると、不思議と頭の隅がぽっかりと空《あ》いたみたいになる。まるで自分が二分してしまったように、日和佐はモデルに声をかけたりシャッターを切りながら、器用にべつのことを考えた。

軽いシャッター音に合わせて、断片的に記憶が蘇《よみがえ》る。

昔はなんでもカメラを向けたこと。生き物も、自然も、道端の石ころも。空間から切り出し、自分のものにしようとしたこと。まるで世界のすべてでもそこに残せるとかん違いしたみたいに、写真に収めた。

人の写真も多く、由多夏《ゆたか》の写真もあった。高校を卒業してアシスタントを始めたばかりの頃が、一番多く撮っていたかもしれない。

その頃、大学に進学した由多夏と会うのはもっぱら一人暮らしを始めた日和佐のアパートになっていた。

「ああ、この箱がいいね」

由多夏がそう言ったのはいつもどおりのセックスの後で、日和佐がベッドでうとうととし始めていたときだった。声が聞こえて目を開くと、裸の由多夏の背中が見えた。

箱庭みたいに小さな、六畳一間のアパート。安っぽいスチール棚の手前でしゃがみ込んだ男は、あの革製の箱を取り出してた。

「なんかこれ、古っぽくて雰囲気ある。ちょっと秘密っぽい匂《にお》いがしない？」

「本当に古いからな。じいさんの遺品だよ。道具入れだったみたいだけど……」

中に収まっていたガラクタを勝手に由多夏は取り出し、すぐ傍の小さなローテーブルの上に広げていた写真を入れ始めた。日和佐は欠伸《あくび》を噛《か》み殺しながらベッドを降りた。

「そんな写真、大事に取って置く必要あるのか？」

薄い裸の肩に顎を乗っけるようにして手元を覗《のぞ》き込むと、男は擽《くすぐ》ったそうに笑った。

「せっかく撮ったんだから取って置こうよ。写真なんて、捨てるのはいつでもできるんだからさ。いけない？」

「べつに。物好きだなぁとは思うけど。中沢《なかざわ》、おまえって本当に変な奴だよな。コインで男と付き合い始めるわ、そんなものいちいち取って置きたがるわ」

「……ちょっと面白いかなぁと思って」

その頃にはもう、由多夏の甘い反応なんて期待しちゃいなかったけれど、『相変わらずだな』と思ったのは記憶にある。

「中沢、おまえは俺がいなくなったらどうするんだ？」

「え？」

「俺がいなくなったらさ、また適当な男でも見つけんのか？」

さっきまで汗ばんでいたのが嘘《うそ》のように、さらりとした肌に腕を回しかけながら、思いついたことを日和佐は言葉にしていた。

なんとなくの質問には、なんとなくの返事が寄こされた。

「そうだな、一人はつまらないからね。男か、女か……どうせならやっぱりエッチは上手《うま》い奴のほうが楽しめるかな」

「笑って即答するか、フツー。残念だな、おまえの絶倫についていける、俺より上手いやつなんてそうそう見つからない」

ピロートークにするには、あまりにもドライな会話だった。

そして、その数年後に実際にいなくなったのは由多夏だった。

新しい相手を次から次へと乗り換えるようにして遊んでいるのも。

まるで、由多夏の言葉をなぞらえてでもいるみたいだ。時折そう思う。日和佐は、今の暮らしが由多夏への当てつけでしかない錯覚に陥る。

自由ではあるが、仕事以外はあまり褒められたものではない暮らし――

「日和佐さん、お疲れ様でしたぁ！」

撮影を終えて機材を片づけていると、モデルの女のコが寄ってくる。雑誌の専属モデルだから、すっかり顔馴染《かおなじ》みの子だ。

「ああ、お疲れさま。今日も最高に綺麗《きれい》だったよ。もう毎回綺麗過ぎて、褒める言葉も見つからないや」

「ふふ、ありがとうございます。お仕事は今日はこれで終わりですか？」

「そうだね、事務所に寄ってちょっと作業するつもりだけど……」

「その後は？　こないだ私の仕事が入っちゃって、お食事できなかったから残念に思ってたんです～」

少し舌ったらずに喋《しゃべ》る彼女は、耳打ちして言った。長身の日和佐のほうへ背伸びした拍子に、あまり豊満ではないが形のいい胸が肘《ひじ》に触れる。

計算高い仕草だとしても、べつに日和佐は構わない。なにしろ博愛主義だ。心も体も、どちらかが少しぐらい醜かったとしても関係ない。

深く拘るほどの興味は誰に対しても覚えはしない。

「うん、いいね。ちょうど俺も誰かと食事したいと思ってたとこ……」

にっこりと優しく笑んだ。いつものように気軽に誘いに乗ろうとして、ふと思い出したのは昨夜届いていたメールのことだった。

「あ……しまった」

「どうしましたぁ？」

「いや、そういえば今日は家に来るのがいるんだったと思って」

「え、おうちに来るって……もしかして、彼女？」

「ハウスキーパーだよ」

千夏史の怪我《けが》は順調に一週間で抜糸になり、また週に二回のペースで家に来ている。三日前、掃除の後に『なにか食べたいものはあるか？』なんて訊いていたから、また夕飯も用意するつもりなのだろう。昨日のメールでも、仕事が終わる時間を訊いていた。

きっと唐揚げを失敗したのは悔しかったに違いない。ひょろっとした小さな体で、大人しそうな顔のくせに変なところで意固地。時々ひょっこり勝ち気な一面を見せたりもする。

今頃自宅のキッチンで悪戦苦闘。リベンジに躍起になっている千夏史を想像すると、日和佐はおかしくなってくる。

そのまま、くすりと笑った。

「ごめん、今夜は帰ろうかな」

自然と口から転がり出た返事は断り文句で、目の前の若いモデルの彼女は小首を傾《かし》げて見せた。

「ハウスキーパー……って、お手伝いさんですよね？　日和佐さん、おうちにいないと駄目なんですか？」

不思議そうな反応をされて初めて、日和佐は自分の言動のおかしさに気がつく。

確かにそうだ。掃除洗濯をする人間が通いで来るからなんだというのか。

べつに帰る義理はない。千夏史には合鍵《あいかぎ》も渡してある。食事の約束などしていないし、勝手に来て、勝手に部屋の掃除や洗濯をして帰ればいい。

女性の誘いを断ろうなんて、気でも触れたとしか思えない。

このところ、日和佐は誰も部屋に連れ帰っていなかった。仕事が忙しかったのもあるけれど、そんなものは今までの生活を考えれば理由にならない。

「……ダメだな、どうも二日酔いだ」

頭を抱えるように、無意識に額に手のひらを押し当てた。

「二日酔い？」

「もうかれこれ一ヶ月近く前からね、俺は二日酔いのままなんだよ。おかげでまともな判断ができなくなってる」

そう、間違いはあのときから始まったようなものだ。合鍵を置いて撮影旅行に出てしまった、あの二日酔いの朝から自分らしくもない行動はもうずっと続いている。

置いていたはずの距離。縮めまいと牽制《けんせい》すらしていた距離を、自ら縮めてしまっていることに日和佐は気づいていた。

あの赤いロープのリンゴ。本当にただの犬のオモチャだ。三ドルで買った。

後生大事に身につけるなんてどうかしている。

スタジオのドアを閉める間際の会話を、日和佐は思い返す。牧野の口ぶりからは、話の相手が千夏史であると気づいている様子だった。誰でも彼でも、年下であれば『あの子』呼ばわりする女社長だが、たぶん間違いない。

バレバレなのだ。

二十歳の学生が、彼女も作らずバイだと公言している男の世話をする。少なくとも普通じゃない。

すぐそこにある。気持ちは、たぶんひょいと手を伸ばせば触れられる距離だ。

それでも、千夏史は認めるつもりはないらしい。なんの発展性もない関係。プラトニックな感情なのか、肉体関係を伴わない恋愛なんて日和佐の理解の範疇《はんちゅう》にない。

知りたくない。面倒だ。そう思っていたはずが、気も抜け切って、時折腹の中でもくすぐられたみたいに楽しくなっている自分がいる。

同時に、触れてはならないものでも手のひらに載っけているような、焦燥感に駆られる。調子が狂う。

思い出したくもない感情が、噴き出しそうになる。

あの頃見上げていた青い空。もう長い間覚えたこともない日の匂い。

それからなんだ――

「日和佐さん？　えっと、冗談ですよね？　一ヶ月も二日酔いなんて？」

気づけば隣に添い立つ彼女が、袖《そで》を摑《つか》んで揺すっていた。

甘えた声が鼓膜を擽る。

「それで、どうしますか？　本当に真《ま》っ直《す》ぐ帰っちゃうんですかぁ？」


いつの間にか鍋から立ち上っていた煙に、千夏史は慌てた。

日和佐のマンションのキッチンだ。

「わ、やば……」

手際よくやるつもりで、肉を炒めつつ野菜を切っていたはずが、クッキングヒーターの上の鍋からはもうもうと白いものが沸き上がっている。

意識散漫。うっかりぼうっとしてしまっていた。

作っているのはハッシュドビーフだ。うかうかしていては家の主が帰ってきてしまう。そう焦って作り始めたものの、メールで帰りが早いと聞いていた日和佐は戻る気配がない。すでに八時だ。

連絡はない。約束をしているわけでもない。このところ日和佐は宣言どおりの帰宅で、誰かを部屋に呼んでいる気配もなかったから、帰ってくるものと千夏史が勝手に判断しているだけだ。

仕事が遅くなっているのかもしれない。

外で……誰かと会う予定ができたのかも。

鍋に水を加えて、とりあえず焦げつきの心配から解放されると、千夏史は無意識に手元に見入っていた。左手の傷は、肌の上で今は赤く盛り上がった一筋のラインになっている。

あの晩の気まずさは、この傷のように消えていくのか。

送ってもらった車の中では、ほとんど会話もしなかった。

息苦しい。ずっとあの夜の雨にでも降られているみたいに。元通りに接しているつもりでも、本当は以前とは違った意味で意識しまくっている自分がいる。

そのくせ、会いたい気持ちは据え置きだから質《たち》が悪い。心が二手に分かれてしまったみたいにバラバラだ。

千夏史は鍋を見つめて肩を落とす。

「今日……帰らないのかも。まぁいいか、作っておけば明日でも食べられるんだし」

料理は家事手伝いの一環としても、一緒に食べる義理は日和佐にはない。

独り言に変えたそのとき、玄関で物音がした。

鍵を開ける音だ。

「お、おかえり！」

勢い込んで出てしまった。

事務所に寄ってから帰ってきたのか、身軽でショルダーバッグ一つを肩から引っ提げた男は、靴を脱ぎながら顔を起こす。

「明《あきら》さん？」

「ああ……」

「いや……ただいま」

なんだか自分を見る顔が変な気がした。玄関の光の加減か、視線が真っ直ぐにこちらを向いていない感じがする。

「やっぱり夕飯作ってたのか」

「やっぱり？」

千夏史は握り締めたままのおたまに気づき、さっと背後に回す。食事なんて、余計なお世話だとでも言われるのかと思えば、日和佐はするっと脇《わき》を抜けてキッチンに向かった。

か。

「へぇ、ハッシュドビーフ」

ぐつぐつと音を立てる鍋と、カウンターに広げたレシピ。一つ一つ確認するように見て回る男の様子にやはりどこか違和感を感じるのは、自分が変に意識してしまっているからなのか。

「明さん、もし食べてきたなら無理しなくても……」

「ふうん本格的だな、市販のルー使わなかったのか？　なんだ、わざわざ強力粉まで買ったのか。薄力粉ならその辺にあったと思うんだけど……」

千夏史の言葉を聞いているのかいないのか。カウンター上の、封の開いた小麦粉の袋を覗き込む。『もう置いてないかな』と独りごちた日和佐は、冷蔵庫の隣のストック棚をパタパタと開け始めた。

中はツマミ用の缶詰ばかりだ。薄力粉の袋はないものの、口ぶりから窺《うかが》えるのは、キッチンに鍋も千夏史が手に握りしめたおたまも存在する理由だ。

「明さんて、もしかして自分で料理するの？」

「あ？　前はな、まだ仕事が少なかった頃は、結構色々試してたよ。最近は自炊なんてずっとしてないな、揃《そろ》えてたスパイスも捨ててしまったし……ああ、強力粉なら、ピザを焼いたときもあったな」

「ピザ？」

ピザなんて、千夏史は冷凍かデリバリーのイメージしかない。

「簡単だ。粉練って伸ばして、好きなもの乗っけて……豪華にやるのもいいけどシンプルなのも美味《うま》い。ゴルゴンゾーラとステッペンとか、チーズだけでもいけるし……久しぶりに焼いてみたくなったな」

「明さん、変な味のチーズ好きだよね」

「おまえは駄目なんだっけ？　辛いのは平気か？　チリソースも美味い。強力粉なんてどうせ余るだけだろうから、今度おまえにも作って……」

日和佐は笑っていた。極自然な笑み。いつも今一つ信用置けない笑いは顔立ちのせいかと思っていたけれど、こんな風に日和佐も屈託のない顔をするのだと、千夏史は目を奪われる。つられて笑った。けれど、目が合えば日和佐は不意に口を閉ざした。

一転、黙り込む。

「明さん？」

「ああ、いやなんでもない。まだ煮込むの時間かかるんだろう？　先にシャワーでも浴びてくる」

「え……あ、うん。お風呂洗っておいたよ。俺も、片づけとかしておくから……」

妙なぎこちなさがまた戻ってきた。返事もないまま荷物を置きに寝室へ向かう男を、千夏史は見送る羽目になる。

まぁ相手にされないのは今始まったことではない。

千夏史は火加減を見る傍ら、片づけを始めた。一通りすっきりさせ、鍋の火を止めるころになっても日和佐はまだ風呂から戻らず、後回しになっていた部屋の掃除に手をつけた。

居間のテーブルに積まれていた雑誌を仕事部屋に移す。判る範囲で、本来の位置と思える場所にしまい、寝室もいつもどおりに整える。

クロスで棚の置き物まで拭いた。花の姿のない花器に、ガラスのキューブの形をした間接照明。しゃがんで下段のものを無造作に引っ張り出す。

胸元に抱えて拭こうとした千夏史は、我に返るようにはっとなった。

「わっ……！」

しまった、と思ったときには腕の中の荷は軽くなっていた。

蓋《ふた》を残して箱がずり落ちる。しっかりと閉じられているとばかり思っていた箱の蓋は、軽く載っかっていただけだった。

どさっと音は響いた。

茶色い革製の箱は、千夏史の屈《かが》んだ膝《ひざ》を打ち、カーペットの上に倒れるように転がり落ちる。

中のものが雪崩《なだ》れ出した。

「あ……」

飛び出したものに、千夏史はどきりとなる。雑多なものでも入っているのかと思いきや、収まっているのはどうやらほぼ一つのものみたいだ。

写真だった。おびただしい数がある。紙製のアルバムや封筒に入っている物もあるけれど、多くは剝《む》き出しで、それらに写り込んでいるのは兄の由多夏と日和佐だ。

見てはいけないものの気がした。棚を掃除していた際に、日和佐が声を荒げたのを思い出す。千夏史は慌てて拾い戻し、半分ほど収めたところで手を止めた。

好奇心に負けたというより、極自然に見入ってしまっていた。

特別なものが写っていたからではない。逆だった。あまりになんの変哲もない極普通のスナップ写真ばかりで、今の日和佐の仕事で目にするような奇を衒《てら》ったところはどこにもなかった。

日常の光景だ。食事をしている兄、テレビを見ている兄。寝そべって携帯電話をいじっている兄。笑っている、ぼんやりしている、眠たげに欠伸もしている。

ありきたりだからこそ、意外に誰も残していない写真だ。コンビニのオニギリは食べたことのない人間を探すほうがたぶん難しいけれど、それを頰張《ほおば》っている自分の写真を持っている人間となると一体どのくらいいるだろう。

兄さんだ。懐かしい。

ぶわりと心に広がったシンプルな感情に、写真を次々と捲《めく》ってしまった千夏史は、部屋の戸口に立った男の姿にまったく気がつかなかった。

「なんでそれ、開けたんだ？」

声に冷やりとなる。

顔を上げると、開け放したドアに凭《もた》れる格好で日和佐が立っていた。風呂上がりらしく濡《ぬ》れた髪の男の眼差しは、千夏史の手元に向けられている。

「あ……あの、お、落としちゃってっ……開けるつもりはなくて……」

手にしたままだった写真の束。剝き出しのそれも、封筒やゴムバンドで閉じられたそれも、慌てて箱に押し込む。けれど、全部拾って戻したところで、日和佐の目にした事実が変わるはずもなかった。

「それ、見たのか？」

低い声が、確認するように問いかけてくる。

罪悪感はある。すべてを見たわけではないけれど、まるで見てないと嘘がつけるほど千夏史は調子よくもなければ無責任でもない。

返事にまごつく。日和佐の溜《た》め息《いき》が静かな部屋に響いた。

日和佐の中で、千夏史の答えは決められたも同然だった。

どうして写真ぐらいで、それほど嫌な顔をするのか判らない。

「まさか、おまえがそんなもの見るなんてな。呆《あき》れただろう？」

「べ、べつに呆れるなんて写真でそんな……」

「そんなくだらないもの撮って、後生大事にしまっておいてか？」

「ちょっと……羨《うらや》ましいなとは思ったけど」

「羨ましい？」

「えっと……た、楽しそうだったから……」

言葉に詰まりながらも、千夏史は返す。

楽しいとは、少し違う。でも、羨ましく感じたのは事実だ。

ただ、残したいから写した。写真からは、そんな衝動が感じられた。

なんの変哲もない日常の一部だからこそ、撮らずにはいられなかった想いが、由多夏の姿と一緒に焼きつけられている気がしてならなかった。

「……はっ」

日和佐は鋭く息を吐き、笑い出した。

「明さ…ん？」

「ははは っ、意外だな。まさかおまえが、それを楽しそうなんて言うとはな」

千夏史の足元の箱を、日和佐は顎で差す。

乾いた笑い声を上げて肩を揺らす男を、千夏史は呆然《ぼうぜん》となって見上げる。

「もしかして、俺はおまえに惑わされようとしてただけか？　結局、本音はおまえもあいつと一緒なのか？」

なにを言われているのか、判らなかった。

「一緒って？」

「千夏史、おまえなんでここに来るんだ？」

「え……」

「言っただろう。俺の世話なんか焼いたって、おまえにとっていいことなんてない。得るものもない。なのに、おまえはなんで俺に近づこうとするんだ？」

ふらっと日和佐は戸口を離れた。

傍へ近づいてくる。すぐ目の前まで来たかと思うと、千夏史の手前で身を屈め、同じ目線で『答えろ』と迫り寄る。

「あ、あの……」

あのとき、日和佐に問われた。『好きなんだろう』とストレートに追及され、うまく応えられなかった。

また、同じやり取りを繰り返すに違いない。

そう思った。

もう誤魔化《ごまか》せるはずもないと千夏史は身構えたが、日和佐が口にしたのはまるで違う言葉だった。

「俺なら、セックスが上手そうだからか？」

くすりとも笑わない。互いの眸《ひとみ》を覗くような距離にいる男を、千夏史はただ瞠目《どうもく》して見つめ返した。

「な、なにそれ……」

「羨ましいんだろう？　おまえ、さっきそう言ったじゃないか」

「あ、明さん、写真のことなら謝るから。本当にごめん、は、箱の中を盗み見ようとか思ったんじゃなくて……」

自分はからかわれているのか。それとも婉曲《えんきょく》に叱られてでもいるのか。

後ずさろうとして体重を後方にかけた千夏史は、その場に尻餅《しりもち》をついた。

怖い。十年来の知り合いの日和佐に対し、そんな風に感じたのは初めてかもしれなかった。

自分を真っ直ぐに見ているのに、日和佐の眸はべつのものを透かし見ているみたいに、遠くに向けられている気もした。

「考えたらさ、おまえとやってできないわけじゃないんだよな。俺はおまえの親でも親戚でもないんだからさ。おまえともそうすればいいだけの話か」

千夏史が足元に置いた箱の蓋を、日和佐は手に取る。かたりと小さな音を立てて、箱の蓋が閉じるのを呆然と目にした。

「してみる？」

「え……」

「俺と、おまえはセックスしたいかって聞いてるんだよ」

どうしてこんなことになっているのだろうと思った。

「そんなの、なんで俺がしたいわけ……」

答えなんて、判りきっているはずだった。

いつもの調子で否定しようとして、千夏史は箱の上に置かれた日和佐の手に目を奪われた。

あまり日に焼けてはいない、大きな手。指は長くて綺麗で、でも節張った関節はやっぱり自分とは比べようもなく男らしい。

日和佐の手が、自分をからかって頭を叩《たた》く瞬間を思い出した。

実際には一度も経験なんてないのに、その手が自分に優しく触れる瞬間も、何度も何度も想像していたから簡単に思い描けた。

千夏史は頭が変になりそうだと思った。

日和佐もおかしいけれど、自分も充分おかしい。

「……するの？」

「千夏史？」

「……たいって言ったら、それ……してくれんの？」

子供だとバカにしてる自分でも、この目の前にある手で抱いてくれるのか。

「いいよ」

日和佐の声は穏やかに感じられた。

その顔を千夏史は見られなかった。

どんなつもりで日和佐が言葉にしたのか判らないままでいることに、気づく余裕さえなかった。

「おまえが俺に望んでること、言ってみな」

「………したい、明さんと」

それだけをいうのに、千夏史は肩で息をした。

いつの間にか茹《ゆ》で上がったみたいに頬が熱い。なのに指先は熱を奪われたみたいに冷たく感じられて、自分が分離してしまいそうだ。

好きと言えないくせに、促されて口にした言葉。

不意に聞こえてきた笑い声に、千夏史は驚いて顔を上げる。

からかったのか。箱を開けた罰だとしても、酷《ひど》い。自分を蔑《さげす》むみたいに笑っている男に、千夏史は体のどこかが切りつけられたようで呆然となる。

「ああ、悪い」

日和佐はまた唐突に笑うのをやめた。まるで千夏史を小馬鹿にした瞬間など一度もなかったみたいに、ふわりと優しい笑みを浮かべたかと思うと、甘い声音で言う。

「じゃあ、しよう」

「え……」

「おいで」

取られた手は温かかった。垣間見たはずの冷たい表情は、繋《つな》がれた体温からは微塵《みじん》も感じられなかった。

なにかが、酷くちぐはぐだ。

「明さ…ん？　ねぇ、なんか……」

「来いよ。俺はベッド以外でするのはあんまり好きじゃない。弁当のおかずは唐揚げ、セックスはベッドで、こう見えても保守的なんだ」

変だと気づきながらも、千夏史は振り解《ほど》けなかった。

初めて重ねた手のひらの感触。その温度。胸はどうにかなってしまいそうにドキドキして、一度でも日和佐に抱いてもらえるのだと思ったら、泣く寸前みたいに気持ちが高揚して、笑われたのもどうでもいい気がしてきた。

ずっとそうしてほしかったのだと、認めざるを得ない。

ベッドへはほんの数歩で辿《たど》り着いた。どうすればいいのか判らず、端に腰かけようとすると、背後から体をずるりと引っ張り上げられた。

「やっぱり軽いな、おまえ」

千夏史を腕に抱き、ヘッドボードを背に座った男が言う。背中で感じる日和佐の温度。全力疾走でもしたみたいに心臓が速い鼓動を打ちっぱなしだ。

『わぁっ』となって俯《うつむ》く。料理と片づけで動き回り、薄いシャツ一枚になっていた体が、じわっと一層汗ばむ感じがした。

「どうした？」

「そ、そうじ、今、掃除してたから……俺、汗臭いかも」

「そんなこと、いちいち気にしてんのか。それより、ほかの心配でもしろよ」

「ほかのって……」

するするとシャツを捲られ、あっとなる。たくし上げる指は、なにか特別なコツでも知っているみたいに次々と器用にボタンを外し、千夏史の平べったい体を露《あら》わにする。

「うっすい胸だな。ここもえらく小さいし」

肩口から覗き込んでくる視線を感じた。意識したこともなかった場所を突く指先に、千夏史は反射的にびくりと身を竦《すく》ませる。

薄い皮膚を寄せるようにして、左右の胸元を摘《つ》ままれた。そこにあるのは存在も忘れていたほどに、小さな粒みたいにぷつりとした乳首だ。

「だ、だって男だし……」

「男でもちゃんとここで色っぽく啼《な》くことも、イクこともできる」

にしないと……」

「本当だよ。でもおまえのは無理かな。小さ過ぎる。よっぽど毎晩弄《いじ》ったりして膨らむようにしないと……」

今まで、変だなんて心配したこともなかった。

そんなところにまで、劣等感を覚えさせられるのは初めてだ。

「ふ、普通だよ。女のコじゃないのに、そんな……そこで感じたり……とか、するわけない」

「するさ。こないだ抱いたコは感度よくて、ちょっと弄っただけでアンアン言ってたな。可愛かったよ」

やっぱり、あの綺麗な人だろうか。

千夏史の知る男は、ここ最近ではマンションで見かけたあのモデルしかいない。澄まし顔の綺麗な男。冷たそうで、そんなタイプには見えなかったけれど——どうしてそんな風に、日和佐はこんなときまでほかの誰かを匂わせるのか。

「これじゃホントに子供抱いてるみたいだな。俺はロリの趣味はないんだよ」

「ロリって……俺、子供じゃない」

「じゃあ、アンアン言ってみな。色気出して俺をその気にさせろよ」

「…………あ…ん、あん」

少し自棄《やけ》だった。日和佐は追い討ちをかけるように小さく噴き出す。

「そんなんで勃《た》つか、バカ」

冷たい。きっと自分が相手でなければ、もっと優しい言葉をかけて、キスをして宥《なだ》めて、溺《おぼ》れるほどに甘い言葉を浴びせるに違いないと思うとやるせない。

「……だったらいい。つまんないんだったら……あっ……」

きゅっと摘まんだままの指先に力を込められ、声を失う。

「千夏史、雰囲気出してみせろ。ここを可愛がられて、感じまくって射精するとこ想像してみろよ」

「しゃ……っ……」

「射精したいんじゃないのか？　セックス、してみたいんだろう？　力を抜いてろ、そんなに肩に力入れてたら感じるものも感じない。ほら、俺に体預けろよ、ちゃんと撫《な》で回してやるから」

意地悪なのか、優しいのか判らない。

冷たいのか、熱いのかも。

まるで、いつも掴みどころのなかった日和佐に逆戻りでもしてしまったかのようだった。

遠くなる。一時は判りかけた気になっていた男の心があやふやになる代わりに、傍にいても自分には与えらなかったその体を間近に感じた。

「あ……」

温かな手が肌を擦《こす》る。

凹《へこ》んだ腹、荒い息に不自然に上下する胸。骨の浮いた貧弱な体を愛撫する手は、役立たず扱いの小さな粒も、悪戯《いたずら》な指先で揉《も》んだり引っ張ったりしてくる。

感じるはずもないのに、そんな風にされると、もぞもぞと体の中からなにか湧き上がってくる感触を覚えた。ぼうっとなったみたいに、体が色づく。日和佐が触れたところから、色が刷かれたように皮膚が薄赤く染まる。

いつの間にかその腕の中にくたりと体を預け、千夏史はメーキングしたばかりの布団の上で無意識に両足を動かした。

「感じてきたか？」

耳に吹き込まれた艶《つや》っぽい低い声に、体の奥がぞくりとなる。

「もう、嫌だ……」

「なにがだ？　ジーンズが窮屈か？　腰浮かせろ、脱がせてやる」

「……まっ、待って」

「苦しくなってきたんだろう？」

「そ、それは……でも……」

千夏史は体を丸めた。ジーンズを下着と一緒に脱がされながらも、どうにか身を隠そうとする。

「あ、明さんっ……」

笑われると思った。笑われたら、死んでしまうとも。

千夏史のそれは緩く反応を見せていたけれど、やっぱり不格好で、好きな人の前でだけ都合よく綺麗な形になることもない。

纏《まと》うものをなくした両足を割られ、上半身を仰《あお》のかされて泣きたくなる。日和佐の視線に晒《さら》された性器は、震えてますます小さくなったみたいに感じられた。

「ああ、皮かむってんのか」

事もなげに言い放たれる。

死にたい。恥ずかしい。

「力抜いてみ、真性じゃないんだろう?」

日和佐は笑わなかった。

千夏史は言葉にならないまま、コクコクと頷《うなず》く。

「……う……ぁっ……」

手のひらに包まれ、ゆっくりと扱《しご》かれた。勃起を促す動きにあっさりと硬く育つ千夏史のそれは、するりと皮を引っ張られて、普段は内に潜んだ先っぽが剝き出しになる。

「子供が一人前にちゃんと盛ってきたじゃないか」

「……子供じゃ、ない」

「こんなことするのも初めてなくせに？　人前でイったことないんだろう。腰使って出したことは？」

見栄を張りようもなく、千夏史は首を横に振る。

「やってみろ」

「え……」

「子供じゃないならできるだろう？　やらしく腰振って、俺をその気にさせろよ」

「そ、そんな……」

その気になんて、どうやってさせたらいいのか判らない。

ただ、子供扱いで放り出されたくないばかりに従う。

ゆらゆらと言われたとおりに腰を揺すってみた。やり方などよく判らない上に、布団に座ったままの格好は不自由で、ぎこちなさは繰り返すほどに増す。

「うう…っ……」

「全然ダメだな。そんなロボット以下の動きで、女が濡れるとでも思ってんのか」

「お…女のコとなんて……しないし」

自分がしたい相手は日和佐だけだ。

びっくりして背後を仰ぐと、困惑したみたいな表情の男と目が合う。少し虹彩が淡い色をした、真意の読めない眸。自分の未熟な体よりもずっと、日和佐の眼差し一つのほうが艶《なま》めかしさがある。

その奥を覗き込むと、急に体がぼうっと熱くなった感じがした。

日和佐はしょうがないなとでも言いたげに、微《かす》かな息をつく。

「……無理矢理揺すったって盛り上がらないだろ。ほら、こうして……」

絡んだ指がゆるゆると動き出す。敏感な尖端を襲うやんわりとした刺激。根元から先っぽまで走り出す快感に、千夏史は知らずして身を捩《よじ》った。

「……ぁっ……」

「そうだ、気持ちよくなったらおまえも自然と体を揺らしたくなる」

体の中が騒いだ。淫《みだ》らな手つきに、独りでに腰が揺れる。いっぱいに張り詰めても、千夏史の性器は日和佐の手のひらから零《こぼ》れることはなく、じゅくじゅくとした疼《うず》きは包まれた場所から体中に広がっていく。

「……あ…ぅっ……」

「カウパーが出てきたな」

「や……」

「判るか？　ほら、ぬるぬるになってきた」

「……あっ……ぁっ、はぁっ……」

「擦れるの、気持ちいいだろ？　女のコのアレ知ったら、おまえだって綺麗事なんて言ってられなくなる。おまえもセックスが好きになるさ。このちっさい頭で考えるのは、お勉強よりやらせてくれる女のことばっかりになる」

「な…んで、そんな…っ……」

女のコなんて関係ない。ほかのことなんて考えたくはないのに。

「ああ、もう本当は好きだから、俺とやってみたいんだっけ？」

「な…に？　明さん、それ……どういう…っ……」

言葉を嫌がろうと、快感だけは気持ちを置いてけぼりにしてでも膨れ上がる。よく知る感覚が、すぐそこまでやってくる。

「もうイキたい？」

千夏史は唇を噛んで頭を振った。

「……イキたいくせに。おまえは昔から変なとこで意地張るよな」

「や……まだ、嫌だ……」

「嫌？」

「……やだ、ベッド……汚れる。汚れる、からさ…っ……」

声がみっともなく震える。

日和佐は笑った。

「おまえ、そんなの心配するなんて随分《ずいぶん》余裕なんだな。それとも行儀がいいのか？　ティッシュとか準備万端じゃないとオナニーできないタイプか？」

「だって、汚れ…る。布団、カバー…さっき替えた、ばっかりなのにっ……」

本当はそんなことは理由じゃない。

罪悪感と、嫌悪感と。生理現象と判っていても、千夏史はその瞬間を迎えるのがいつも怖かった。

日和佐のことを考えていたからだ。こんな風に触ってもらうのを期待して、日和佐に遊んでもらえる相手を羨ましがったりもして……そして、自分で慰めた後はすごく惨めで虚《むな》しかったからだ。

「いいから飛ばしてみろ。見ててやるから」

「嫌だ、ホントに嫌だって…っ、ぁっ……」

「ああ、すごいヒクヒクしてきた」

「やっ……」

「もうイクって言ってみな。そしたら、もっと可愛がってやる」

こめかみに押し当てられた唇を感じた。

ひどく意地悪な男の声にさえ、搔《か》き乱される。千夏史の髪を撫でつけるみたいに唇は這《は》い、熱い吐息が耳元を掠《かす》め……性器に絡んだ指は、ねとりとした動きで弱いところを責め立てる。

「……やだ、い…や、あきっ……明さ……あっ、あっ」

体が止まらない。走り出すみたいに、快感がそこら中で溢《あふ》れる。

「……も、あっ…………くっ、イクっ……」

日和佐の腕の中で、千夏史は射精感に体を突っ張らせた。腰だけがガクガクいっぱい動いて、熱いものが意志とは無関係に迸《ほとばし》る。

「あっ…あ……やっ……」

情けない声が零れた。なんだか衝撃的で、どうしていいか判らなくて、泣き出しそうな気分で、千夏史は促されるまま腰を揺らめかし続ける。

日和佐の指を残滓《ざんし》が濡らすのを目にした。カバーを汚したものも。

自分以外の手で達したのも、誰かに見られたのも、全部初めてだった。

もちろん、それが好きな人であるのも。

「いっぱい出したな。溜まってたのか？」

千夏史は応えられなかった。

ただ、胸元に回った男の左腕にぎゅっと縋《すが》りつく。余韻《よいん》に震える性器に絡んだ指はいつまでも離れようとせず、息つく暇もほとんど与えられないまままた上下にゆるゆると動き始める。

「……もっ、もうっ」

「若いんだから、まだイキ足りないだろう？　いつもはオナニーは何回するんだ？　一回ってことはないよな？」

「そんな、一回しか……あっ、明さっ……」

ぼんやりした頭で、真面目《まじめ》に応える。

抱いていた左腕を引き剝《は》がされ、心許《こころもと》なくなった。背中が寒くなる。押されるようにして体を起こされ、千夏史はベッドにうつ伏せになった。

「嘘つけ」

頭上から揶揄《やゆ》る声が響いてくる。

嘘じゃない。いつも後悔でいっぱいになるから、そうしたくとも一回で終わってしまい、哀《かな》しい気分で布団を引き被《かぶ》るのがほとんどだった。

「ホントに俺……あっ……」

背後から性器をきゅっと握り込まれ、うつ伏せた腰が浮く。

「あ、まっ……待って、待っ……」

千夏史の躊躇《ためら》いなど押し退《の》けるみたいに、日和佐は煽《あお》り立ててきた。

巧みな手つきに追い上げられる。リズムをつけて上下に扱かれ、本気を出されてしまえば、千夏史はまた造作もなく限界まで昂《たか》ぶらされた。

いつの間にか、高く突き出すように腰を揺らしていた。肉の薄い腰を、するっと空いた手で撫でられびくりとなる。

「あ……ふっ……」

大胆に動く手のひらは腿《もも》から尻へと何度も行き交い、狭間《はざま》を指で探る。

まるで、自分の恥ずかしいところを全部確認されているような動き。窪《くぼ》んだ場所を、集中的に撫で始めた指の腹に喉奥《のどおく》がひくりと鳴る。

「ここもいつも自分で楽しんでるのか？」

「え、なっ…なに……？」

「それすらしたこともないのに、俺とやりたいの？　買い被られてるのか、おまえが軽率なだけなのか判らないな」

「明さん……」

「俺が実は酷いド変態だったらどうするんだ？　おまえみたいのを泣かせて、痛めつけるのが好きなサドとかだったら、喜んで苛《いじ》められんのか？」

千夏史は首を捻って背後を仰ぎ見たものの、どんな反応をしていいのか判らなかった。なにを言われているのか判らない。日和佐が変わった性癖だとしても、自分にそんな執着を見せるわけがない。ただぽかんとなるばかりで、逃げる素振りも見せない千夏史に、日和佐は一層眉根《まゆね》を寄せる。

すっと身を離され、放り出されたのかと思った。

「……明さん？」

「ローションぐらい必要だろう」

日和佐はすぐ傍のサイドテーブルからなにかを取り出して戻った。その手に揺らされた小さなボトルは、透明な中身が明かりに光って見える。

「傷つけやしないさ。今までこれを使って酷い目に合わせたりしたことはない。一応、薬も用意してあるし？」

わざとほかの相手の存在を匂わせるような言葉。どこか露悪的に響く。どうしてだろうと千夏史は考えようとしたけれど、すぐにうやむやになる。

まるで物でも扱うみたいに、日和佐はそこを慣らし始めた。垂らされたのは、想像よりも滑《ぬめ》つく液体だった。焦《じ》らすようにゆるゆると慣らされていく行為に、やがて千夏史は啜《すす》り喘《あえ》ぎ始める。

「……あ、やっ……あっ……」

なにこれ、と思った。

体も声も、よく知るはずの自分が、知らないものに変わっていく。

「見かけ以上に狭いな」

「いや、嫌…だ、なに…っ……」

脇から増やされた二本の指で、閉じようとする場所を開かれる。割り拡げられる感触。ひやりと粘膜で空気を感じ、どろりと注ぎ込まれたボトルの液体に、千夏史は身を捩る。

「……ひぁっ…、あぁっ……」

「冷たいか？　すぐ馴染む。ほら、もう……」

這い登るみたいに下肢《かし》のほうから響く卑猥《ひわい》な音と、長い指で体の内を掻き回される異様な感触。千夏史はショックに我慢できずにしゃくり上げた。

「これくらいで泣いてどうするんだ？　ここに男を咥《くわ》えるんじゃないのか？　奥まで頬張って見せるんだろう？」

「ないっ…泣いて、ないっ……」

「泣いてるだろ。子供はすぐに泣く」

千夏史は縋りついた布団のカバーでごしごしと顔を拭《ぬぐ》った。涙は勝手にぼろぼろ零れる。やっと引きかけたと思ったら、長い指をくねるみたいに動かされて、ぶわりと体の奥で溢れる未知の感覚にまた泣いた。

わざと泣かされてるのは、思考能力の鈍った頭でも判った。

苛められている。

何度もそこを恥ずかしく指で拡げられる感触に、ベッドについた四肢が震える。

どうなってるのか知らない。どんな風に淫らな姿になっているのか自分では判らないけれど、日和佐の目には映っている。

「もう、や……それ、もう見な…見なっ……」

「そりゃあ見ないでほしいだろうな。こんな恥ずかしい格好してるんだ。どんな格好してるか判るか？　千夏史、おまえ……俺となにするつもりか、ちゃんと判ってるのか？」

「明さん、どう…してっ……」

「……どうしてはこっちのセリフだ。おまえが望んだんだ。おまえは、結局こんなことがしてみたかったんだろう？」

艶めかしいけれど低いその声は、静かに怒っているようにも感じられた。

「やめるか、千夏史？」

千夏史はほとんど反射的に首を横に振る。

「……へぇ、続けたいならもっと俺を誘ってみろ。そんなんじゃ少しも燃えない。ここをもっと緩めて、誘い込むんだ」

「そん…な、でき……できなっ……」

「できないなら工夫しろ。俺と、セックスするんだろ？」

「……っ、あ…っ……」

スイッチでも押されたみたいに、快感が走った。そんなに深い場所じゃない。体の浅いところ。でも、その部分を日和佐の指に押されると、快感に体がきゅうっとなる。

両腕が戦慄《わなな》く。肘をついていることもできず、肩から崩れ落ちた。背後から伸びてきた日和佐の手に手首を摑まれ、自身に導かれて触れさせられる。

「や……嫌だっ…明さん、やだ……こんなの、こんな……」

「やめるなよ、ちゃんとオナニーするときみたいに自分で手を動かせ。感じるだろ？　ああ、今の啼き声はちょっと腰にきた。もっと恥ずかしい音を立ててみせろ、俺を興奮させろよ」

ぐしゅぐしゅと濡れそぼった音がした。

「……ぁ……あ、や……」

自分の手指の鳴らす淫らな音に頭が変になる。溢れる快感は、逃げ込むまでもなく千夏史を飲み込む。

追わずにはいられない快楽に、膨れ上がる欲求。日和佐の手が添えられていなくとも、自然にその先を求める。

体が疼く。切なくて堪《たま》らない。ゆらゆらと掲げたままの腰は揺れ始め、窄《すぼ》まりが柔らかに綻《ほころ》んでいくのが判る。

生き物のように息づき、吐息でも零すかのように日和佐の視線の元で濡れた口を開け——とろりと溢れたものが狭間から腿まで伝った。

「……ひ…ぁっ……」

沈んでいた指を抜き取られると、飲み込まされていた液体が、蕩《とろ》けて締まりを失った場所から溢れ出す。

日和佐が背後で微かに息を飲んだ気がした。

喘ぐ場所にまた指が触れる。一度慎みをなくした場所は、何度でも口を開けて陥落する。

「……ああっ……ん……」

するりと滑り込んだ指に、千夏史は啜り喘いで体を揺らした。

穿《うが》たれたものを切なく締めつける。さっきの気持ちよかったところを探られれば、自分のものとは思えない甘えた声が、ぽろぽろと零れ落ちた。

「あっ、あっ……」

シーツに摺り寄せるように火照《ほて》った体をくねらせる。

ぱたぱたと腰の下でシーツが鳴った。長い指が奥へと沈むと、少しイってしまったみたいに先走りが滴《したた》り落ちる。

「……千夏史」

自分の名を呼ぶ男の声は、少し掠れていた。

「あき、明さんっ……い…っ、いいっ……気持ち、い…っ……」

快楽に没頭しておかしくなる。

衣擦《きぬず》れの音。日和佐が背後で身につけたままだった服を寛《くつろ》げる気配がする。自分に日和佐が欲情している。そう思うだけで、体の奥のどこだか判らない場所が溶かされていく。

「あ、明さ……」

身構えた瞬間、千夏史は体をひっくり返されていた。

熱い。腿のところに日和佐が触れていた。

頭上を仰げば、目が合う。まるでなにかを確かめるかのように、日和佐は千夏史の顔を見下ろしてくる。

その眸に躊躇う色を感じたのは気のせいだろうか。

すぐに見えなくなったので判らない。

「千夏史」

甘い香りが千夏史を包んだ。日和佐の濡れたままの冷たい髪の先が、火照った頬の上を撫でるように揺らぐ。

近づくその顔に、キスされるのかと思った。

そんなはずはない。

すっと素通りし、自分の肩口に伏せられた日和佐の顔に、一瞬つめたい風のようなものが心を掠めたけれど、それには気づかない素振りで千夏史は男の首筋に腕を回した。

ぎゅっと縋りつく。

「……早く、明さんっ」

熱に浮かされるままの声を上げた。

日和佐が自分の内に入ってくる。

涙が出てきた。それが鈍く覚えた痛みのせいか、もっとほかのもののためなのか、千夏史は自分でも判らなくなっていた。

体を重ねるより前に伝えるべきことはきっといくつもあったのに、それをすっ飛ばしてでも欲しがってしまった。いくら心で言葉にしたところで、相手に届くはずもないのに。

──ねぇ、明さん。

あなたが欲しい。

ずっと、ずっとそう思ってたんだよ。


シャワーを浴びながら脱力してたら、思いのほか時間が経《た》っていた。

バスルームを出た千夏史は、鏡の中の自分に目を留めた。湿った髪が、右の襟足だけ不自然に跳ね上がっている。

どうせなら洗ってしまえばよかったんだろうか。

気力がなかった。シャワーだっていらないと思ったくらいだけれど、日和佐に勧められて借りることになった。

鏡の顔は、普通に見える。嬉しそうでも悲しそうでもない、なんともぼんやりしたいつもの頼りない自分の顔だ。

「……しちゃったんだ、明さんと」

口に出して言ってみる。確認したかったのかもしれない。ほんの一時前のことなのに実感が湧かない。体に違和感は残ってはいるけれど、それよりももっとセックスは世界が変わるぐらいなにかすごいことのように思っていた。

自分はやっぱり冴《さ》えない自分のままだ。

「あの、勝手にバスタオルとか借りたけど……」

どんな顔をしたらいいのか判らないまま洗面室を出た。日和佐はキッチンにいて、部屋には食べないままでいたハッシュドビーフの匂いが漂っていた。

「ああ、好きに使っていいよ。そこ座れ、すぐ用意してやる」

日和佐がおたまを手にしている。温めなおしたところらしく、皿を取り出しながら顎でダイニングテーブルを示す。

「あ、明さん……」

「ん？　なんだ、腹減ってるだろう？　どっか具合でも悪いのか？　もしかして、どこか痛むか？」

慌てて首を振った。

具合が変なのは、日和佐のほうだ。

やけに優しい。もっと素《そ》っ気《け》なく扱われるのかと思いきや、気遣われて落ち着かない。

言われるまま、借りてきた猫みたいになって大人しく椅子に座っていると、真っ白な皿に盛られたハッシュドビーフにサラダまで出された。野菜は千夏史が切って置いたものだけれど、覚えのないドレッシングが添えられている。

「これ、作ったの？　本当に料理できるんだ……」

「ドレッシングなんて混ぜるだけだ。さぁ、早く食えよ、また冷めるぞ？」

奇妙な時間だった。

テーブルを挟んで食事を始める。べつに今日が初めての一緒の食事というわけでもないのに、向き合ってるだけで慣れないことでもしているみたいな覚束なさがある。

「結構、美味いな。おまえ、案外才能あるのかもな」

「そ、そう？　レシピのとおりにやっただけだから……明さんのほうが上手なんじゃないの？」

ぎこちない会話。そう感じているのは自分だけかもしれない。

一貫して穏やかな口調の日和佐は気《け》だるげで、どことなく仕草が色っぽい。スプーンを軽く握る手がすいっと視界を過《よ》ぎるだけで、少し前のことが思い出されて目を奪われたりする。

「どうした、手が止まってるぞ？」

「あ、う、うん」

顔が見られない。一時の間も持たない気がして、慌てて言葉を紡ぐ。

「そうだ、来週は何曜日に来るのがいいかな。明さん、早く帰る曜日があるなら、またなにか作ってみようかと思うんだけど……」

「いい」

「あ、食事はいらない？」

「そうじゃない、ハウスキーパーはもういいよ」

「え……」

柔らかなままの声音に、なにを言われているのかまったく判らなかった。日和佐の声は確かに聞こえているのに、耳を素通りでもしているみたいに意味が摑めなくて、千夏史は次の言葉でようやく目が覚めた。

「おまえ、もうここには来るな」

はっとなって顔を起こす。

呆然と見返すばかりの千夏史に、日和佐はスプーンを口に運ぼうとしていた手を止めて言った。

「もう満足しただろう？」

「ま……満足って……」

まるで好奇心でも満たしてやったみたいな言い草に、やっとの思いで繰り出した言葉も裏返りそうになる。

風呂を出てからずっと、一度も日和佐と目を合わせていなかったことに気がついた。

「明さん……俺としたの後悔してんだ？　そんなに嫌だったの？　よく…なかったってこと？」

「ああ、サイアクだったよ。こんなに気分の悪いセックスは、生まれて初めてだ」

迷いもないその言葉に、見えないどこかが押し潰されていく感じがする。

よかったなんて言われるとは思っちゃいない。自分は日和佐を楽しませるどころか、ろくに合わせることもできず、たぶん……『マグロ』とかいうやつで、『子供だ』と揶揄る声だって何度聞いたか判らない。

それでも、ショックだった。

「……そんな言い方……」

「じゃあ、なんて言えばいいんだ？　『今夜はおまえが帰ったら一人寝で寂しくなってしまいそう〜』、とかか？」

どこかで聞いたような言葉だ。

そうだ。まだ汗が止まらないくらい暑かった夏の終わりに聞いた。女の人の顔は思い出せないけれど、ブロンズのピンヒールは覚えている。

「心にもないこと言うのはフケツなんだろう？」

「こ、心にもないって……」

してほしいと望んだのは確かに自分だけれど、それを言わせたのは日和佐だ。

なのに、最後の晩餐《ばんさん》みたいに形ばかり優しくして、手のひら返したみたいに酷い本音ぶつけて——

「そ…んなに俺のこと嫌なんだったら、こんなことしなきゃいいだろ？　訳判んないよ。なん…だよ……なんなんだよ！」

怒りで声が震えるのか、ショックで震えてしまうのか判らなかった。

カツン。白い皿の縁でスプーンが弾んで鳴る。立ち上がろうとして滑り落ちたスプーンを、千夏史は見た。慌てて拾い上げようとして、ぷつんとなにか繋ぎ止めるものを切られたみたいに急にどうでもよく思えた。

スプーンも料理も、テーブルの向こうで黙々と食事を続ける男の存在も、全部放り出した。

無言で帰り支度を始めた千夏史に、日和佐はなにも言わなかった。

玄関のドアを開ける間際、一瞬でも背後を振り返ろうとした自分が、千夏史は心底嫌でならなかった。

日和佐となにをしたって、実感が湧かないのは当然だ。

日和佐の気持ちが最後までまるで伴っていなかったことぐらい、千夏史だってちゃんと気づいていた。

◇　◇　◇

「けど、どういう心境の変化なの？」

肩越しに響いた近過ぎる女の声に、日和佐は煩わしげに身を揺すった。背後に立つ牧野が一緒になって覗き込んでいるのは、パソコン画面だ。二人がいるのは、日和佐が事務所にしているワンルームマンションだった。

画面に映し出されているのは、牧野の事務所のモデルたち。ブック用の写真とやらを、ついに日和佐は夕方から数時間かけて撮影してやったのだ。今は機材を戻すのに立ち寄った事務所で、写真のチェックをしているところだった。

「あんなに嫌がってたのに、急に撮ってくれる気になるなんてね」

はしゃいで喜ぶかに見えた女は、不思議がってばかりいる。

「まぁ、時間できたし」

椅子に座った日和佐は、小さなマウスを動かしながら適当な返事だ。

「暇なんてあるの？　もう写真集の撮影始めてるそうじゃないの。それに、また大物女優の写真集もやることになったんだって？　あー、これはもううちの頼んだって無理かもって思い始めてたんだけど」

「へぇ、連絡しなきゃ諦《あきら》めてくれたのか」

「だから、どういう心境の変化なのってさっきから訊いてるんじゃない」

「だからな……時間ができたからだって」

『返事になってない』と言いたげに、背中を小突かれ、揺れた手元に画面のマウスポインタが泳ぐ。

事実なんだからしょうがない。それ以外に答えようがない。十一月に入って仕事が忙しくなったものの、天候の問題で撮影が一つ延び、今日は夕方から時間が空いた。

けれど、満足に休みも取れない状況下で、ほんの数時間帰りが早くなるぐらいで、暇を持て余す気分になってしまったのはどうしてか。

今まで、どうやって夜を過ごしていたのか判らなくなる瞬間がある。デートはめっきり減ったままだ。誰かを誘おうともせず、誘われても三回に二回は断り、自分は一体いつまで『二日酔い』でいるつもりなのか——

千夏史が黙って部屋から帰っていってから、もう十日あまりになる。

酷いことを言った自覚はある。自分に嫌気が差して来なくなるのなら、それでいい——そのほうが、きっといい。

抱いてしまえば、訳の判らない感情に振り回されることもなくなるかと思った。けれど、現状が逆なのは認めざるを得ない。

手を出してしまったのを、自分は恐らく後悔している。

何故《なぜ》、箱を見られたくらいでカッとなったのか。中を見られたからというより、千夏史の写真を見ての反応にむっとした。

千夏史を、そういった俗っぽい部分からは切り離れた存在に考えていたのかもしれない。

苦い気分だった。誰かをベッドからシャワーに送り出した後に、どうすればいいか判らなくなるような、あんな落ち着かない思いをしたのは初めてだ。

中学二年生のとき、逆ナンパでふらふらと着いていった、年がいくつかも判らない女と初めてセックスしたときだってもっと落ち着いていた。なにしろ記念すべき初めてだったのに、そのときのことは一から十まですっぱり覚えていないぐらいだ。

なのに、千夏史とのことはやけに鮮明に記憶している。

べつに特別よかったとも思えない。あんなひょろっこい子供みたいな体、喜んで抱くほど相手に不自由していない。なのに、そのぎこちない反応とか、十年以上の付き合いで初めて耳にした、か細い泣き声とかを物好きにも思い返してしまう。

終わった後、あんなに気分が悪かったのに、大事な記憶でも反芻《はんすう》するみたいに、時々頭のどっかから持ち出す。

日和佐は無意識に項《うなじ》の辺《あた》りに手をやった。

重くて引き摺られそうなほどにしがみついてきたあの手の感触が、今も残っている感じがする。

「気持ち悪いのよねぇ、明が私に親切にしてくれるなんて……」

背後の声に我に返った。中途半端に途切れた言葉に後ろを確認すると、真顔の女は無言のまま肩越しの画面を見つめている。

「どうした？」

「キレイ」

牧野はふっと口元を緩めた。

「え？」

「女の子、やっぱすごく綺麗に撮れてる」

どこかうっとりと目を眇《すが》めて言う。柔らかな笑みを浮かべたかと思うと、ついぞ聞いたこともないストレートな礼を寄こした。

「明、ありがとうね。うちみたいな弱小の事務所に入ってくれる女の子たちだもの。悔いのない仕事をさせてあげたいの。最初から負けるような仕事、させたくない」

「……まぁ、写真一枚でいい仕事が取れるなら、それに越したことないか」

どうにも調子が狂う。パソコン画面に向き直りながら、日和佐は軽口を叩く。

「紗和、おまえも撮ってやろうか？　肌補正、多めにかけてやるから」

「失礼ね、まだそこまで衰えてないわよ」

「もう三十路《みそじ》だろ、坂を下るのはあっという間だ」

「人のこと言えないでしょうに……はぁ、でも嫌ね。もうそんなになるのね」

「そんなにって？」

中腰で覗き込むのも疲れたらしく、牧野はプリンターのある作業机の椅子を引き寄せながら応える。

「年よ、高校卒業してからよ。私さ、あの頃、明のこと嫌いだったんだよね」

なにを唐突に言い出したのかと、少しばかり面食らった。

日和佐はあっさり頷く。

「知ってるよ、そんなこと」

「そう？　今はべつに嫌いじゃないわよ」

「……それはどうだかね。まぁ利用価値はあるみたいだけど」

否定も肯定も返って来ない。退屈というわけでもないだろうに、牧野はパンプスの踵《かかと》で押したり引いたりして、キャスターつきの椅子を揺らし始めた。

日和佐は知らん顔で作業を続けたが、二人しかいない小さく静かな事務所では、カーペットの床を転がるキャスターの微かな音さえよく響く。

牧野はぽつりとした声で言った。

「ねぇ、明ってまだ泣いてないの？」

「あ？」

「中沢くんが死んでからよ。お葬式で泣かなかったのは知ってるけど、まだなの？」

後ろを振り返ると、もの言いたげな眼差しが自分に真っ直ぐ向けられている。

「なに言って……まだってなんだよ？　葬式ではたまたま泣きそびれただけだ。あんときは急過ぎて実感なかったからな。だからって、今更《いまさら》泣きようがないだろ。あれから何年経ったと思ってるんだ」

「年数なんて、関係ないでしょ」

「は？　あるに決まってるだろ、七年だぞ、七年。あんとき小学校に入学したガキが、もう中学生だ」

「なにそれ、隠し子でもいるの？」

「例え話だろ。おまえと話してると頭痛くなってくるな」

脈絡もなく頭痛の種になるような話を撒《ま》き散らしておきながら、こちらの言葉には白けた顔。日和佐は牧野の反応に溜め息をついた。

「そりゃ、あんときは哀しかったさ。当然だろう。度々《たびたび》会ってた……一応、付き合ってた奴が死んだんだからな。けど、もうあの頃とは違う。俺の生活も随分変わったよ。幸い仕事は順調だし……構ってくれる相手も大勢いるし？　今更泣けなくてもしょうがないだろう？一生、生活のど真ん中に置いてなきゃ薄情だってのか？」

目の前の女はにこりともしないままだ。

「それ……本気で言ってるんだから、どうしようもない男ね」

返事はお気に召さなかったらしい。なにが言いたいのか知らないが、わざわざ気に入る言葉を探す義理もない。

日和佐はいつの間にか完全に動きを止めていた右手を動かすものの、マウスポインタはうろうろするばかりで、なにをするつもりだったか忘れてしまっていた。

画面の隅の時計はもう十時を過ぎている。

一気に嫌気が差した。

「……腹減ったな、メシでも食って帰るか。おまえもそうするか？」

潔くパソコンを落とし始めると、背後からは首を捻るような声が返ってくる。

「あの子は？　チカくん、家のこと任せてるんでしょ？　ご飯も作ってもらってるんじゃないの？」

「もういないよ」

「ああ……こんな時間じゃね。もう帰っちゃってる？」

「違う。もうハウスキーパーはやめさせた」

一瞬間が空く。

「なんで？　あの子、気に入ってたんじゃないの？」

「気に入る？　どこをどういう風に取ったらそう感じるんだよ」

「どこって、そういう態度がよ。なんなの、今まで特別扱いしてきておいて急に……」

「特別扱いなんてしてない」

説教でも始めそうな女の声を、日和佐は帰り支度を急ぐことで強引に遮った。立ち上がり、椅子の背に引っかけておいた上着を手に取る。

ジャケットを羽織りながらダメ押しのように言った。

「どうもさ、俺は自分で思ったより見境なかったみたいなのね。こないだあんなガキまで手ぇ出してしまってさぁ。だから来んなって言ったんだよ、間違ってないだろ？」

わざと悪趣味なことを言い放つ。途端に強張《こわば》った牧野の顔が可笑《おか》しくて、日和佐は小さく笑った。

「ほら帰るぞ、さっさとしろ。紗和、夕飯はおまえの奢《おご》りだ。安い撮影代でよかったな？」

返事はない。無造作に引っ摑んだ、作業机の上の鍵束だけが応えるようにジャラッと音を立てた。

手のひらの中の鍵は、握り締めると小さくチャリと鳴いた。

晴れ渡った空を見上げ、大学帰りの千夏史は溜め息をつく。この数日続いていた雨は綺麗に上がっており、手の鍵に視線を落とすと何度でも溜め息は零れそうになった。

自分の家の鍵と折り重なるようにしてシンプルなキーリングに通っているのは、日和佐の部屋の鍵だ。返しそびれてしまい、早く戻さなければと思いながら二週間あまりが経ってしまった。

なにかと理由をつけては伸ばし伸ばしにしてしまっている。

レポート提出が忙しいから、バイトの時間に間に合わなくなるから、雨が降ってるから。風が吹いていても理由にしてしまいそうな勢いだったけれど、そんな千夏史にうんざりしたかのように、今日は朝からずっと空の隅々まで晴れ渡っていた。

千夏史は覚悟を決めて、日の色の変わり始めた空の下、日和佐のマンションに向かった。

日和佐からは連絡はない。鍵のことさえどうでもいいほど、自分にはもう会いたくないのだろう。

だから、部屋にいてもいなくても、鍵を返したら終わり。玄関のポストに突っ込んでしまえば、それでお終《しま》い——

顔を合わせることもないはずだった。

誰にも。

「あ……」

マンションの通路で偶然居合わせた男の姿に、千夏史は呆然とさせられた。

いつか見た男だ。日和佐の部屋から、素っ気ない態度を見せつつ朝帰りをしていった、そうハルミとかいう名の若い綺麗な男。

「あ、あの……」

思わず声をかけてしまったのは、男が上着のポケットからひょいと鍵を取り出したからだ。極自然な仕草で日和佐の部屋のドアを施錠し始める姿に、千夏史は驚きが過ぎて考えるより先に声を発してしまっていた。

「あ？」

憮然《ぶぜん》とした顔がこちらを見返してくる。

以前、エレベーターで一緒になったことなど覚えてもいないのだろう。それはそうだ。千夏史は目の前の男のような目立つ容姿はしていない。

相変わらず目も覚めるほどに美しい男だった。でき過ぎたその容姿を飾っているのは、季節も流行も先取りしたようなジャケットにパンツ。ぱっと目に飛び込んでくる色やシルエットのバランスは、ファッションなんて疎いにもほどがある千夏史さえ目を奪われる。

「あの……すみません、明さ……日和佐さんは？　そこ、日和佐さんの家ですよね？」

「ああ、なんか用なの？　今、あいつはいないけど。忘れ物、頼まれて俺は取りに来ただけだから」

戸惑いつつかけた声にハルミは応える。言われて見れば、肩にカメラを一台引っ提げていた。

どう見てもモデルやタレントにしか見えない男だけれど、もしや容姿は神様が気紛《きまぐ》れに贔《ひい》屓《き》した結果なだけだろうか。

「もしかして、明さ……日和佐さんの事務所のスタッフの方ですか？」

「スタッフ？　んー、今はスタッフっちゃあスタッフだけど、写真のことはよく知らねぇし。どっちかっていうとただの同居人かなぁ」

「え、同居って……一緒に住んでるってこと？」

「まぁ住んでるっていうか、住ましてもらってるっていうか……あんた、なに？　なんの用？　あいつとどういう関係の人？」

ハルミは言葉を失《な》くした千夏史をまじまじと見返してきた。

上から下、下から上へと視線が行き交う。千夏史の身長は日本人としても小柄な百六十センチあまり。顔はまず大学二年生とは言い当てられないほどの童顔——そこから導かれたらしい答えは、普段なら怒濤《どとう》の勢いで反論したであろうものだった。

「もしかして……あいつの隠し子かっ⁉」

とんだ暴言だ。ハルミは得意満面の顔で言う。

「えっと、あいつ今三十ぐらいだろ……二十のときの子供として、今いくつだ？　二十歳？あれ、あんたそこまで年いってるようには見えねぇな。じゃあ二十五くらいのときの子供

「……あれ？　あれっ、なんか計算合わね……なんでだ？　あんた、隠し子じゃねぇのか？」

小学生……それも低学年レベルの引き算がまるでできていない。口調も外見のイメージとかけ離れており、おまけに自分は成人に見られていない。

けれど、そんな大事さえ気づかないほど千夏史は呆然自失だった。

ほんの二週間の間に、日和佐に同居相手ができているだなんて想像もしていなかった。二週間どころか、かつて誰かと一緒に暮らしたことだってないはずだ。

「俺は……ただのバイトだから」

「バイト？」

「こないだまでハウスキーパーをしてて、今日は鍵を返しに来ただけだから」

「ふうん、そっか。じゃ渡しといてやるよ」

あまり物を深く考えている様子のない男は千夏史の言葉を鵜呑《うの》みにしたようで、『載っけろ』とばかりに手のひらを出してきた。

「じゃあ……お願いします」

不自然なほどに上擦《うわず》る声。切迫した顔をしているというのに、ハルミはどこかのん気な調子で応える。

「おう、任しとけ」

ノーテンキなのに、やっぱり微笑《ほほえ》むと花でも開いたみたいに美しい男だった。

念のために送った鍵についてのメールに、日和佐は『受け取った』との素っ気ない返事を寄こしてきただけだった。

曇天。あれから空は晴れたり曇ったり雨が降ったり、また晴れたりしているけれど、千夏史の心はずっと重たい雲の垂れ込めたままだ。

しかし、どんなに一人気分が停滞していたところで時間は流れる。

一週間ほどが過ぎた夜だった。

「中沢、それ全部三番ね」

夕方、カラオケボックスのバイトに入った千夏史は、厨房《ちゅうぼう》を覗くなり言い渡された一言に驚いた。

少し前からできあがっていたらしきフードの皿が、カウンターに並んでいる。

バイトに来たからにはもちろん仕事をする気はあるけれど、店は特に混《こ》んでるわけでもない。いつもどおりののんびりした回転振り。バイトの面々は暇を持て余して雑談に花を咲かせているというのに、待ってましたとばかりに自分に押しつける理由が判らない。

「だって、なんか客のご指名なんだもんよ」

「指名？」

「おまえは六時からだって言ったら、じゃあ来たらよろしくって」

そんなホストクラブじゃあるまいし。それに、たとえホストクラブであっても、悲しいかな千夏史は指名されない自信がある。

嫌な予感を覚えつつフードの皿とドリンクを手に指定の部屋に向かうと、千夏史はそこでまた驚いた。

「紗和さん……な、なにしてんですか？」

マイクを手に一人熱唱している女がいる。

しかも歌っているのは不似合いなアニソン。牧野は千夏史の姿を見ると、目線で皿をテーブルに置くように促しつつ、結局ワンコーラス歌いきった。

「見てのとおり、一人カラオケよ。せっかく来たんだからストレス解消しようと思って。でも最近ヒット曲とか覚える暇ないのよね」

何曲歌ったのか、シートに座るや否や早速ドリンクのウーロン茶に手を伸ばす。ストローを咥《くわ》えつつ、ぽんぽんとシートを叩いて彼女は隣に座るよう千夏史を誘った。

「ここで働いてるって言ってたの思い出して来てみたんだけど」

「ど……どうしたんですか、急に」

携帯電話の番号だって知っているのに、わざわざ店を訪ねてきたのは初めてだ。

それに、兄の命日もとうに過ぎた今、用があるのは日和佐のことしか思い当たらない。

「仕事が忙しくて、遅くなっちゃってごめんね」

「え……？」

まるで自分に会いに来なければいけなかったとでもいうようだ。

「こないだね、ようやく明がうちの子のブック写真撮ってくれたの。おかげで早速新しい仕事が舞い込んで来ちゃった」

「ああ、前から言ってた写真……そうなんですか、よかったですね」

「あいつさ、写真集のほうもだいぶ撮り進めてるみたいよ？」

「そうですか、俺も……出たら買おうって思ってます」

千夏史は頷く。彼女は話の流れのままに言った。

「あいつ、チカくんに手ぇ出しちゃったんだって？」

「そう……」

シートに浅く腰をかけた千夏史は、勢いで相槌《あいづち》を打ちかけ、はっとなって隣を見る。

「困った人ね、あの色情狂も。チカくんも、もっと自分を大事にしなさいよ……って、あれ？　なんか、こないだもうちの子の恋愛相談で似たようなこと言ってたわ、私……」

首を捻っている牧野を唖然《あぜん》となって見つめた。

「あ……明さんが話したんですよね？　なに……言ってたんですか？」

「なにって？　『だから家の手伝いはやめさせた』んだって。また繰り返したらまずいとでも思ってるんじゃないの〜」

牧野は低いテーブルに手を伸ばす。ピザにフライドポテトにパスタ。注文どおりに並んでいるのは、一人ではどう考えても多過ぎる量のフードだ。

「またなんて……絶対ないです」

「なんで？　なんでそんな風に思うの？」

兄と日和佐の関係も知っていた彼女は、動じている様子もない。

千夏史は自棄《やけ》になったように続けた。

「最悪の気分だって。こんな嫌な気分になったのは生まれて初めてだって……明さん、あのとき言ってたし」

忘れるはずもない。

いそいそと紙おしぼりの袋を開けていた牧野は、その手を止める。

「嘘、明がそう言ったの？　よくなかったって？　あいつはセックス依存症なのよ？」

「そんな、依存症なんて……」

いつもの悪態だと思った。

けれど、牧野は少しも笑おうとしない。それどころか、信じようとしない千夏史を責めるように見つめ返してくる。

「大げさ？　あいつが私と寝たことがあるって言っても？」

「え……」

「一度だけね。中沢くんが亡くなって、すぐの頃よ。明は酔っ払ってたせいだって、まるで私だって判ってなかったようなこと言って、言い訳してたけど」

「……紗和さんも酔ってたんですか？」

「私、こう見えてお酒飲めないもの」

たしかに今も注文のドリンクはウーロン茶だ。

「だったら……どうして？」

「可哀想だったからよ」

牧野は即答した。それから、どこか苦い表情を浮かべて言う。

「でも今は、慰め方をあのとき間違えちゃったんだなって後悔してるけど」

「間違えた？」

「現実逃避っていうの？　あいつはね、癖になっちゃって、中沢くんが死んでからずーっと休まず逃避し続けてるわけ。生活のど真ん中に置きっぱなしのものに気づかない振りして、あの頃とは自分は違うなんて言うのよ。ホント、見ててもやもやする」

「そんな、明さんがいっぱい女の人と……男ともそういうことするのは、逃げてるからだって言うんですか？」

「そうよ。だからそんな相手は誰でもいいような奴が、チカくんだけ嫌だったって言うなら、それは特別なことなんじゃない？」

千夏史は首を振る。

否定する理由はある。

「それはないと思います。特別っていうなら……明さん、今一緒に住んでる人がいるみたいだし、その人のほうがよっぽど……」

「一緒に？　誰よ？」

「知らない人です。でも、すごく綺麗な人でした。あ、綺麗って言っても男なんだけど、ちょっと顔立ちが兄さんに似てて、紗和さんも見たらきっと……」

もっと驚くだろうと思ったのに、牧野は一笑に付した。

「無理無理、そう簡単にあいつが他人を受け入れるもんですか。一緒に住んだってね、ちっとも気なんか許さないに決まってんだから」

乾いた笑いを零したかと思うと、気を取り直すかのように彼女は紙おしぼりを使い、ピザに手を伸ばした。

すでに少しチーズの固まり始めたピザを頬張り、なんでもないことのように話し始める。

「私、前にチカくんに言ったじゃない？　高校の頃は明が苦手だったって」

「あ、はい」

「あれね……なんだろう、話しやすいし調子がいいし、でもちゃんと人を真っ直ぐに見ない感じがしたからよ。ああこの人、自分と自分以外の境界がはっきりしてる人なんだなぁって」

「境…界？」

「人を信じないってことよ。人付き合いが上手いのもいろいろあるじゃない？　自分の懐《ふところ》に入れてしまえる人もいるけど、絶対に入れないからこそ仲良くできる人もいると思うの。他人になにも期待しないからどこまでも調子を合わせられるし、怒らないし、大概のことを笑って受け流せる。漠然とだけど、明はそういうタイプだなって……」

ムキになったように食事を続けながら話す牧野は、軽く噎《む》せてドリンクを手に取る。グラスのウーロン茶の中で、溶け始めた氷がカラカラ鳴った。

「でもね……卒業してしばらく経って、再会したら少し雰囲気変わってた。言うことは相変わらずなんだけど……なんか、人をちゃんと見てる感じがして……仕事帰りに中沢くんと一緒にいるとこ偶然見かけたとき、『ああ、このせいか』って自然と思った。私、それまでべつに同性愛に理解あるつもりもなかったのにね」

牧野が口を閉ざすと、狭い少人数向けの部屋は静かになる。どこかの部屋から漏れ聞こえるカラオケの音が、間を埋めるように遠く聞こえた。

千夏史は問う。

「……なんでそんな話、わざわざ俺にするんですか？」

「判らない?」

意味深な切り返しに惚《とぼ》けることもできたけれど、知らないとは言えなかった。

自分は、判っているはずだ。

「チカくんまで逃げたら終わりじゃないかな。あいつはどこまででもきっと逃げ続けるわよ。だって子供なんだもの」

「子供?」

「そうよ、中身は臆病で弱虫な子供。自分がそうだから子供が嫌いなんて言うのよ」

日和佐に子供っぽいところがあるだなんて、考えたこともなかった。

誰よりも大人に見える。昔から、なにもかも見透かしているような顔をして、余裕いっぱいで……でも、それらは見せかけで、日和佐自身すら気づいていない虚勢に過ぎないのだろうか。

「俺が……俺が大人になれてたら、なにか変わったのかな」

もう今更遅いのだろうけれど。

そもそも、日和佐は自分になんて救いを求めやしなかったけれど。

制服の黒いエプロンの上の手を、千夏史は無意識にぎゅっと握り締める。誰かの返事を期待して呟《つぶや》いたわけではなくとも、隣でピザを口に押し込む牧野は応えた。

「どうかな。そもそも大人になろうなんて思ってるうちは、大人にはなれないんじゃない？」


バイトを終えたのはいつもどおり深夜だった。

電車を乗り継いで家へと帰る。駅からは自転車だ。家の手前の坂道にさしかかると、千夏史は今夜は早くから自転車を降りて押し始めた。

先を歩く人影があったからだ。

こんな時間に珍しい。それぞれ自転車を押している二人連れはどうやらカップルらしく、仲睦まじそうに喋りながら歩いている。ぐんぐんと漕いで追い抜けるほどの道幅も元気もないため、千夏史は後ろをのろのろと歩いていたのだ。

カラカラと歩みに合わせてチェーンの回る音が夜道に鳴る。

あの後、牧野はどうやら食事をしただけで帰って行った。千夏史は仕事に戻ったので、ずっと様子を見ていたわけではないけれど、気がついたら部屋は空室に変わっていた。

わざわざ自分に会いに来てくれたのは間違いない。

——大人になろうなんて思ってるうちは、大人にはなれない。

だったら、いつどうやってなれるのだろう。

たしかに劇的に自分が変われる瞬間なんて、普通に暮らしていてもどこにもやって来ないのかもしれない。

目に見える境界線など有りはしない。成人なんて言葉は便宜上のものに過ぎず、二十歳の朝、目覚めたときも自分は自分のままだった。成人したところでなんら変わりなく、そのくせ『今日こそ日和佐に大人と認めてもらえるかもしれない』なんて、浮き足だって会いに行く予定を立てた。

ただ、二十歳に満たなかった昨日と同じように、その朝も日和佐が好きでならなかった。兄の恋人だった男。自分が弟だと知ったところで態度を改めるでもなく、長い間自分を『ガキ』や『チビ』としか呼ぼうとしなかった男なのに。

口の悪さに自分は惹《ひ》かれたのだろうか。優し過ぎる兄にはないものを、日和佐には感じていたのかもしれない。

でも、それだけじゃない。

「……なにこの自転車、重い〜」

手前から聞こえてきた声に、千夏史はぼんやりした顔を向ける。

カップルの女のほうが、自転車を押しながら愚痴《ぐち》を零している。

制服は着ていないけれど若い学生っぽい二人だ。

「はは、ちゃんと空気入れとかないからだ。空気抜けたままだと、タイヤも傷むんだぞ」

男のほうは笑って応えた。

街灯の明かりでは、女の自転車のタイヤがぺしゃんこなのかは見えないけれど、千夏史は言葉に日和佐との出会いを思い出さずにはいられない。

あの、自転車置き場の出会い。

今は判る。ジュース一つを、借金だの利息だのと言いながら奢ってくれたのも、日和佐なりの歪《ゆが》んだ気遣いだったのだろうと思う。

ちっとも言葉は優しくない。いつも嘘っぽいばかりで、本気は見えない。

でも——

「ほら、貸せよ」

坂の途中から天辺に続く階段を上り始めたところで、前を行くカップルは足を止めた。

階段の中心にはスロープがある。自転車や、おそらくカートやらを引くためのその場所は狭くて、一列でなければ進めない。

千夏史は追いつかないよう歩みを緩めていたけれど、二人はもたもたと自転車を入れ替わり始め、すぐ後ろに来てしまった。

「そっちの自転車、押してやる」

「あ、うん……あっ……」

ぼんやり成り行きを見守る千夏史は、『えっ』となった。

男も鋭い声を上げた。

「バカ、なにやってんだよ!」

女の手を離れた自転車が倒れる。すぐ目の前で激しい音を立て、スロープをこちらに向かって滑り落ちてくる。

街灯を受けて銀色に輝く自転車は、一瞬の間に千夏史の元へ迫った。

声を上げる暇もない。自分も自転車のハンドルを握り締めたままの千夏史は、右にも左にも避ける間がなかった。

足元を掬《すく》われる衝撃。頭上から照らす街灯の明かりが、視界を舞うように大きく揺らいだ。包み込むような明かりは、普段は静かな路地をどこまでも照らし続けるけれど、千夏史の世界はどこからか暗転して見えなくなった。


目蓋《まぶた》の向こうで光が躍っていた。

ちらつくように揺れる光に、目蓋の震えを感じる。千夏史は目覚めを嫌がり、顔を顰《しか》めてぎゅっと目を固く閉ざそうとした。

「千夏史」

自分の名を呼ぶ女性の声がする。

「千夏史」

耳馴染んだ声。生まれてから一番耳にしているであろう声は、もっとも自分を揺さぶり起こしてきたはずの声でもある。

千夏史は普段の寝起きはそう悪くない。最近は携帯電話のアラーム一つで目を覚ますことが多かったし、中学の頃から起床は目覚まし時計があれば充分だった。

だから、こんな風に枕元で急《せ》かすみたいにその声に呼ばれるのは久しぶりだ。

もっと寝させてほしい。けれど、もぞりと体を動かして寝返りを打とうとした瞬間、また一際鋭く呼ばれ、千夏史は引っ張り起こされでもしたみたいにぱっと目を開かせた。

「千夏史、あなたっ！」

「千夏史、だ、大丈夫か⁉」

視界に映る母親の姿は想像どおりだったけれど、隣に父親の顔まである。

見慣れない風景、二人の緊迫した表情。物々しい雰囲気にベッドサイドを仰いだ千夏史は何事かと首を捻った。

「母さん……父さんも？　どうし……」

「おまえ、気を失って何時間も目が覚めなかったんだぞ」

「あ……」

途端に、坂道での記憶が蘇った。

ここは病室だ。自分はどうやら病院に運ばれた上に、両親まで揃って血相を変えてやってくるような状況に陥ってしまったらしい。

転んだぐらいでみっともない。恥ずかしさと、周囲の様子を知りたさに身を起こそうとした千夏史は、後頭部を襲った痛みに頭を抱えた。

「痛い、頭……ズキズキする」

手に布が触れる。包帯かなにかだろう。瘤《こぶ》でもできているのか、まさか血が出ているのか。少し不安になって具合を教えてもらおうと両親を窺い見ると、母親が青い顔で迫ってきた。

「千夏史、あなた頭痛いの？」

「か、母さん？」

「どんな風に痛いのっ？　吐き気はっ？」

「あの……」

心配をかけたのは判るけれど、様子が尋常でない。展開についていけず千夏史は焦るばかりで、母に宥める声をかけたのは父親だ。

「母さん、落ち着くんだ。千夏史は転んで頭を打っただけだ」

「でもっ……」

「さっき先生の話も聞いただろう？　検査結果も大丈夫だって言われたじゃないか」

「……そうね、そうだったわ」

父はぽんと母の肩を叩く。

「しっかりしろ。医者に知らせてくる。あと、あの子たちにも連絡して教えてやろう」

「あの子たち……って？」

半身をそろそろと起こしながら口にした千夏史の疑問に、戸口に向かう父親が応える。

「自転車をぶつけた子たちだよ。おまえが目を覚ますまでいるって言ってたんだが、こんな時間だし、ついさっき帰らせたんだ……ちょっと電話してくる」

一体、自分はどのくらい気を失っていたのだろう。今何時なのか検討もつかないけれど、病室の窓の真っ暗な様子から真夜中らしいことだけは判る。

父親が出て行き、母親と二人きりになった。個室の入院部屋なのか、仮の処置室かなにかなのか狭い部屋だ。

状況を詳しく尋ねようにも、ベッドの傍らで小さな椅子に腰かけた母は放心している。

「母さん……ごめん、心配かけて……」

千夏史は母の顔を覗き込もうとして動きを止めた。俯いた母の目元から零れ落ちたものに、驚いて目を瞠《みは》らせる。

母は泣いていた。

「母さん、あの……あのさ、このとおり俺はぴんぴんしてるからさ。ちょっと脳震盪《のうしんとう》起こしただけだよ。ほら、すぐ目が覚めなかったのも、最近寝不足だったせいかもしれないし……」

「驚かせてごめんね。つい由多夏のこと、思い出しちゃってね」

「ああ……」

狼狽《うろた》える心は、その瞬間凪《な》いだ。母の言葉に至極納得すると同時に、肩透かしでも食らわされたような気分に陥る。

自分の心配ではなく、兄を思い出したから——

千夏史に聞かせるつもりはあるのか、母は独り言のように言った。

「あの子のときも同じだった」

「同じ？」

「由多夏が最初に倒れたって知らせもらったときも、今と少しも変わらない感覚だった。母さんね……もうずっと自信がなかったの。あのとき、由多夏の病気を知ったとき……倒れたのがあなたじゃなくてよかったって、本当はそんな風に考えてた気がして……」

「え……？」

なんの話を母が始めたのか判らなかった。

兄の病気について語っているのは判るけれど、立場が食い違っている。

自分と兄。その家族の中での役割。母にとっての兄の存在の大きさを知っているだけに、言葉がまるで理解できない。

さっきからの様子といい、千夏史は母がおかしくなってしまったのではないかと、本気で疑わずにもいられなくなる。

「……なに言ってんだよ。どっちかっていうと、逆だろ。俺が死んで、兄さんが残ればよかったんだ。うちのためには、きっとその方がよかったんだって、俺だってずっと！」

言わないでいるつもりだった言葉が、動揺のあまり口を突いて出た。

その瞬間顔色をなくした母の表情が、目に飛び込んでくる。

「……そう。そんな風にあなたは思ってたの。そうよね、私の態度がそんな考えを持たせてしまったのよね」

千夏史は否定できなかった。

黙り込んだ千夏史を前に、母も沈黙する。無言の間はどれくらい続いたのか、言葉を選んでいたらしい母は、はっきりとした声で告げた。

「由多夏と母さんはね、血が繋がってないのよ」

「……え」

「お父さんの前の奥さんの子よ。再婚なの」

言い辛《づら》そうに視線を落とす母親の、タイトスカートの膝上で軽く握り締められた手が、千夏史の目に映る。骨張っていて、由多夏が元気だった頃よりずっと痩せた手だ。

「ごめんね、あなたが成人する頃に話そうって、お父さんとは決めてたんだけど……由多夏があんなことになって、言う機会もなくしてしまって。でも、もっと早くに言うべきだったのね。そんな風にあなたに誤解させてたなんて……」

話は理解できなくもないけれど、頭の深いところへなかなか届かない。

つまり異母兄弟。兄とは半分しか血が繋がっておらず、母と兄に至っては元は赤の他人だったということ——

いつも兄を褒めて、讃《たた》えた母。嘘のように弟の自分に優しい、でき過ぎた優等生の兄。幼い頃から時折感じた、家族に対する違和感の理由が、無理矢理に霧でも散らされたみたいに明らかになる。

今頃知らされ、動じずにいられるはずもなかった。

「ごめんね、千夏史」

それは黙っていたことか、今ここで話をしたことか。

「同じにしなきゃって……由多夏も自分の子供になったんだから、同じにいっぱい愛さなきゃって構え過ぎて……逆に分け隔てになってしまってるのは母さんも判ってた。あの子も、すごく頭のいい子だったからそれに気がついてて……私が遠慮するから、あの子も気を使ってばかりで」

「そんな……そんなの、俺だけなんにも知らなかったなんて……」

「千夏史はまだ小さかったから。でもね、母さん、由多夏も愛してたのよ。本当の親子とは少し形が違ってたかもしれないけど、大事な存在だった。ただ……」

「ただ……なに？」

「病気が判ったとき、どうしても思った気がして……一瞬でも、『ああ千夏史じゃなくてよかった』って」

「そんなこと……まさか」

声を震わせて打ち明ける母親を、千夏史は驚愕《きょうがく》の眼差しで見る。

「ずっと判らなかったの。絶対思わなかったって言い切れる自信が、時間が経てば経つほどなくなってしまって……」

心の中に閃《ひらめ》いた言葉は、誰にも判らない。

ときに自分でさえ、その本心は捉《とら》えきれないこともある。

「でもね今、ちゃんと違うって判った。母さん、そんなこと絶対少しも考えなかったって。あなたが病院に運ばれたって連絡を聞いてショックで……由多夏の病気を知ったときも、まるきり同じだった。どちらがどうとか、そんなの考える気持ちなかった。由多夏は由多夏で、あなたはあなたで……比べたり絶対してない」

「母さん……」

そんな風に思い悩んでいたなんて知らなかった。由多夏が異母兄弟と知ったことよりも、千夏史にはそのほうが衝撃的だった。

「もっと早くに気づけたらよかったのにね。あのときに、ちゃんと自信持って由多夏にも接せられてたら……病気のあの子に、私の迷いは伝わってしまってた気がする。だから、きっとあんなに早く……」

言いかけて母は口を噤《つぐ》んだ。ここまで話しても、それは口にしてはならないと思ったのか、微かに頭を振る。

「ごめんね、こんな話までして。だからね、あなたより由多夏を大事に思ってたとか、誤解で……」

「駄目だよ、母さん」

自分の瑣末《さまつ》な劣等感など、この際どうでもよくなった。

「そんな風に考えたら駄目だ。兄さんが早く逝《い》ってしまったのが、自分のせいかもなんて……有り得ないし、そんなこと思ったんじゃ、兄さんが可哀想だよ」

「千夏史……」

「母さんの本当の気持ちも、判ってたに決まってるだろ。兄さんは、そういう人だったろ？　母さんのことも父さんのことも、俺のこともさ。よく判ってくれてて……俺、子供だったけどそれくらい知ってたよ」

だから、嫌いになることだけはけしてできなかった。自分に歯痒《はがゆ》さを覚えはしても、できのいい兄を疎ましく思ったりはしなかった。

「……そうね、千夏史……そうよね」

どこまで納得してくれたのかは判らないけれど、母は頷いて少し笑んだ。

聡明で、家族の自慢の兄。由多夏はいつも優しかった。それが母に気を使っていたからの、見せかけの優しさであったはずがない。家族を好きでなければ、あんな風にできるはずがない。

由多夏が家族の前にいないのを、千夏史は残念に思う。久しぶりに、とても寂しく感じる。

「千夏史、無理に起きようとしなくていいから、寝てなさい」

「……ん」

布団に深く体を潜らせ、枕に頭を戻す。見慣れない病室の天井や窓辺を見ると、由多夏を見舞って病院を訪ねていたときのことを思い出した。

家からそう遠くはない病院だったから、よく学校帰りに顔を出していた。

中学一年生。母がどうせすぐ成長するはずだからと購入した制服のガクランがひどくぶかぶかで、それが幼さを際立てて見えて嫌だった記憶もある。

そういえば、いつものように見舞ったときに由多夏が言った。

「千夏史、おまえは俺に似てるから心配だな」

その日は調子もよく、ベッドで半身を起こして千夏史と会話をしていた。

他愛もない話をしている途中、急になにを思ったのか、由多夏はそんなことを言い出した。

「俺が、兄さんに？」

「ん、なんかさ、変に意地っ張りなところが似てる」

「そうかなぁ、俺、兄さんに似てるなんてちっとも言われないけど……」

比べられていい思いをしたことはない。拗《す》ねた気分で口にすると、由多夏は苦笑した。

「心配だから、おまえにお守りをあげるよ」

そう言って、サイドテーブルの引き出しから財布を取り出すように千夏史に指示した由多夏は、小銭入れだかカードホルダーだかに収めていた一枚のコインを取り出した。

二センチほどの直径の小さなコイン。金貨でもなく、ピカピカしたりもしてない地味なコインは、どこか本物の国の通貨に見えた。

「……それがお守り？」

「偽造硬貨だ」

「えっ、ニセ金なの⁉」

「はは、嘘だよ。ジョークグッズだね。手品に使うのかも……それにしちゃ随分チープだけど」

口ぶりからは、由多夏もそのコインについてよく判っていない感じがした。誰かにもらったものだったのかもしれない。

「兄さん、手品なんてできるの？」

そう問うと、由多夏は悪戯っぽく笑んだ。

「んー、手品はできないけど、これで欲しいもの手に入れたよ」

なにを手に入れたか知らないけれど、よっぽど欲しかったものなのだろう。随分嬉しそうに笑った由多夏の顔は、病室の窓からさしいる木漏《こも》れ日《び》のせいだったのかもしれないけれど、やけにきらきらして見えた。

千夏史は手を出すように言われ、手のひらにそれを載っけられた。メープルリーフが、不自然に表にも裏にも同じようについたコインだった。

「俺はもう必要ないから、だからおまえにあげる」

もう後数日で十月に変わろうという、秋の午後だった。


翌日は土曜日だったこともあって、病棟は見舞い客の出入りが多い気がした。

そんな気がするだけで、実際のところ多いか少ないかなんて千夏史には判らない。つい昨日まで風邪一つ引かず、丈夫が自慢どころか、自分が健康であると意識したことさえない、病院には無縁の身だったのだ。

人生なにが起こるか判らない。

検査入院だった。時間を置いて脳内に問題が現われる場合もあるらしく、夜間の担当は専門医でなかったこともあり、再度詳しい検査を受けることになった。

朝から薄っぺらな検査着で院内をうろうろ。行ったり来たりさせられたけれど、結果は判る限り良好で、すべて終わった午後には見舞いに来た母親も安心して帰っていった。

午後三時。病室も大部屋に移り、隣のお喋り好きなお婆ちゃんに話しかけられたりしつつ、ベッドの上で過ごしていたときだった。

戸口から覗いた人影に、誰かの新しい見舞い客でも来たのかと顔を向けた千夏史は、びくりと身を竦ませた。

「あ……」

一瞬時が止まった。

千夏史のベッドは出入り口に近い。こちらに気がついた長身の男の上げた声はすぐそこで響く。

「……はぁ!?　なんだ、おまえ……なんでリンゴなんか食ってるんだ？」

「え……もらったから」

爪楊枝に刺したリンゴは隣のお婆ちゃんにもらったものだ。ちょっと歪《いびつ》だが、ご丁寧《ていねい》にウサギにもなっている。

「もらったって……食えるのか？　怪我は？　起きてられるのか？」

疑問を並べ立てる男は、千夏史の返事も聞かずに状況を察したようだった。

「……そうか。元気ならいい、帰る」

あっさり踵《きびす》を返されて慌てる。

「あ、明さん！」

リンゴの皿を枕元に放り出し、千夏史は廊下に飛び出した。

「明さん！　ちょっと、待って！」

去ろうとする日和佐を追いかける。

階段口に入ろうとしたところで摑まえると、ちっと男は舌を打った。

「くそっ、紗和に担がれた。あいつ、おまえが事故にあって今にも死にかけてるみたいな言い草しやがって……」

「もしかして……見舞いに来てくれたの？」

千夏史が言葉にすると、日和佐はますます嫌そうな表情を浮かべる。

そのまま階段を下りて行く男を、千夏史は止めなかった。どのみち談話室は家族連れでずっと騒がしいのに気がついていたから、黙ってついて歩いた。

病棟を裏口から出る。日和佐は帰ろうとはせず、腰を落ち着けたのは、使われている様子のない建物の外付けの非常階段だった。

剝き出しのコンクリートの階段に、日和佐は腰を下ろす。一人分のスペースが隣に開けられていたけれど、少しばかり緊張して千夏史は立ったままでいた。

「おまえ、うろうろして大丈夫なのか？」

「うん」

「寒くないのか？」

「……うん」

気乗りのしない顔ながらも、日和佐は千夏史を気遣ってくる。

検査着だったら寒かっただろうけれど、パーカにカットソーも着ている。天気はよく、頭上からはまだかろうじて秋といえる陽光が降り注いでいた。

——人生、やっぱりなにが起こるか判らない。

三週間とちょっとぶり。もう会わないとばかり思っていた日和佐が目の前にいる。

今朝、牧野から自分の元へたまたま届いた携帯メールが発端らしい。『昨日は手ぶらで押しかけたから、今度は差し入れでも持って行ってあげる』などと書かれており、その返事に怪我で検査入院してることを告げたのだ。

まさか日和佐が見舞いに来るとは思わない。

千夏史は怪我の経緯を説明する。

「なんなんだ、まったく。俺はてっきり車にでも撥《は》ねられたのかと……」

悪態をつく日和佐はジャケットの胸ポケットを探っていた。

「明さん、煙草《たばこ》？　やめたんじゃなかったの？」

「こんなところで小言か？」

周囲に灰皿なんてない。病院の敷地内は全面禁煙で、煙草を諦めたらしい日和佐は聞こえよがしな溜め息をつく。

「ご、ごめん」

「べつにおまえが謝ることじゃないだろう？　騙《だま》したのはあの女、口寂しさに負けたのは俺の意思が弱いせい」

両膝に肘をついた男は、『はぁっ』とまた息をつく。

「あいつの言うこと真に受けるなんてな」

「……わざわざ来てくれたんだ」

「そりゃ、なんとなくで来る場所じゃないよなぁ」

憎まれ口。言葉はいつもの日和佐だ。けれど飄々《ひょうひょう》とした態度の中に、違和感を覚える。

「転ぶなんて、ドン臭い奴だな。まぁ大事に至らなくてよかったじゃないか」

今までなら頭を叩かれるか、足で小突かれるか。そのどちらも飛んでこないことに、なんとなくもの足りなさを覚えながら、千夏史は日和佐を見る。

絡みかけた視線は、すいっと逃げるように逸《そ》らされた。

「びっくりさせんな、バカ」

「……明さん？」

「こんなところで別れるのは、俺はもう二度とごめんなんだ」

不意に零された言葉。虚空にでもぽつりと投げかけられたみたいなその言葉に、千夏史は紗和から教え聞かされた話を意識せずにはいられない。

一時も忘れることのない、日和佐の心の中心にずっと存在し続けるもの——

千夏史は目にした。

目に映ったのはほんの僅《わず》かの間だったけれど、両足の間に落とされた日和佐の手は、指が細かく震えていた。すぐに握り締められて判らなくなったけれど、一瞬でも見てはならないものだったのだろう。

けれど、目にしたものは打ち消しようもない。

「明さん……」

「陰気な声で呼ぶな。ホント、相変わらず若さの足りない奴だな。たまにはこう弾《はじ》けるような声出してみろよ。って、入院中じゃテンション上げようもないか……」

俯き加減になった日和佐の顔は見えない。少し明るい栗色をした長めの髪は、風に靡《なび》くようにふわふわと毛先が揺れている。その様はどこか頼りなげにも見えた。

目の前に座っているのは日和佐なのに。

自分よりずっと大人で、すべてを持っている。知力も体力も、強い心も残さず揃って持っているはずの男なのに——千夏史はふと守らなければならないもののような気がした。

「……なんの真似《まね》だ？」

日和佐の低い声が響く。

千夏史の腕の中で。

伸ばした両手で、千夏史はその頭を抱くように胸元に引き寄せていた。

「明さん……心配かけてごめんなさい。兄さんのこと、思い出させてごめん」

「……べつに。おまえの心配なんて『それなり』しかしてない。由多夏のことなんて……もう何年前の話だと思ってるんだ。今更思い出してどうこうなんて……」

「思い出したりしない？　それって、思い出すんじゃなくて……いつも片時も忘れてないから？」

抱いた頭が揺れる。日和佐は微かな声を立てて笑い出し、その体を震わせた。

「……誰かに妙な入れ知恵でもされたか？　千夏史、おまえは誤解してる。あいつと俺は、そんな美しい悲恋になるような関係じゃなかったよ。ただ近くにいたから手を出したようなもんで、俺は……最後まであいつが判らないままだったしな」

「判らない……って？」

「なにもかもだ。どうして出会ったのかも、ずっと一緒にいたのかも」

「そんな……」

「付き合う前も付き合ってからも、あいつは俺になに一つ本心は見せなかった。いや……俺が見られなかったことにしたいだけかな。最後まであいつにとってただの遊びだったなんて、俺は思いたくないんだろう」

ぐいと拳《こぶし》一つで胸元を押され、遠ざけられそうになる。

千夏史は反論した。

「なに言ってんだよ……兄さんは、明さんのことちゃんと好きだったよ」

「はっ、そんなことどうして判る？　あいつはおまえが思ってたほど、ご立派な奴じゃないよ。最初だって、煙草吸いたさに近づいてくるような奴だ。おまえの幻想壊して悪いけど……」

「……兄さんは煙草は吸わない。持ってるのは見たことあるけど」

目にしたのは、まだ由多夏が高校生になってすぐだ。

机の奥にこっそりとしまわれているのを、千夏史は偶然見つけ出してしまい、それが悪いことだとは判ったからびっくりした。

「俺が驚いて訊いたらさ、兄さんは持ってるだけだって。本当に開けてすらなかった。ずっと後になって、それが明さんの吸ってる銘柄だったって気がついて……俺、なんか判った気がした」

「……なにがだ？　俺のためにわざわざ買ってたとでも？」

「違うと思う。明さんとはまだ兄さんも仲良くなる前だったと思うし……明さんのとは少し

違ってたから。ニコチン量っての？　兄さんの遺品の中にさ、まだそれあったんだ……兄さんが持ってたのは、もっと軽いやつだった。きっと、興味があるのは中身じゃなかったんだよ」

つまらないことが意味を持つ。たとえ誕生日に現金をもらったところで、自分が札一枚でも財布の中で分けて置こうとしたように。

「兄さんが興味を持った理由はたぶん……」

「勝手に美談作ろうとするなよ。あいつがなに考えてたかなんて、今更判るわけないだろう」

「判るよ。兄弟だから……判るんだ」

半分しか血は繋がってなかったと知ったばかりだけれど、それでも判る。

知らないと言ってしまうのは簡単だった。もうここにはいない、体もその心もとうにこの世界を離れた兄の気持ちなど、なかったことにしても誰にも責められやしない。

でも。

「明さんだって、知らないはずない」

「知らないね、俺はあいつのことなんて……」

言葉を拒絶すると同時に自分を押し退ける男の腕を、千夏史は引っ摑んだ。

「知ってるよ。絶対に知ってるはずだ！」

強い声で言う。手繰《たぐ》り寄せる。はぐらかそうとするその心を摑まえようと躍起になった。

「明さん、思い出して、目を逸らさないで！　本当は判ってるくせに忘れた振りなんて、そんなの悲し過ぎるよ。兄さんの気持ち……明さんの気持ちも、忘れた振りなんてしないでっ!!」

なかったものになんて、できるわけがない。

初めて目にした二人は夕日に包まれていた。

自転車置き場でキスをしていた。兄の横顔は綺麗で、顔を寄せ合った二人はきらきらして見えて、千夏史はどきどきした。

幼心に胸が痛んでしまうほどに。日和佐にたぶん抱《いだ》きかけていた小さな恋心が傷ついてしまうほどに、二人の気持ちはあのとき輝いて見えた。

あの日の光景を、なかったことにはできない。

「俺が……ずっと見てきたのは、兄さんを好きな明さんだった」

日和佐の服の腕の辺りを、千夏史は強く握り締める。

二人の想いを肯定すると同時に、まるで対《つい》になったみたいに存在する自分の恋と向き合う。

苦しくても、時々哀しくても、出会いからずっと一緒に存在していた。

「千夏史……」

「優しかったよね、明さん」

「……え？」

「いつも……いつもすごく優しかった。だからね、俺、明さんを好きになったんだよ」

あんなにも言えなかった言葉が、するりと零れた。

子供は嫌いだと言いながら、自分に付き合ってくれた。面倒臭そうにしながらも、毎週構ってくれた。

くだらない遊び。知らない人の自転車に空気を入れて驚かそうだなんて、それすら本当はきっと優しさの表われだったのだろう。

始まりから、すべて。

だから——

「最初から、大好きだったよ」

優しくて、大人で、そして捻くれた振りで子供のままの心を隠し持っている男を、千夏史はずっと好きだった。

「明さん、楽しかったね」

自分を見上げてくる少し驚いた顔に、自然と笑いかけていた。

「あのとき。昔さ、明さんと自転車の空気入れたの……俺、すごい楽しかったんだ」

わくわくした。どきどきした。

汗だくになって自転車に空気を入れたあの日。最初は嫌々だったけれど、何日も繰り返すうちに、誰かが膨らんだタイヤに気づいてくれるその日が待ち遠しくなった。

元の理不尽さなどすっかり忘れていた。

また会えるのが嬉しくて。

思い出のくすぐったさに笑んだ千夏史の顔を、日和佐はじっと見上げていた。それから、その額を小突くように薄い胸にぶつけてきた。

預けられた頭を緩く抱き留めると、日和佐はぽつりと言った。

「千夏史、おまえもう子供じゃないんだな」

「……うん、そうかもしれないね」

だからといって、大人と言えるかどうかは判らないけれど。

無理に大人になりたいとは思わなくなった。好きな人もまた完全な大人ではなく、誰もが弱さの一つも持たない大人などではないと気づかされたから。

「明さん、こないだのも……俺はやっぱり後悔はしてないよ？　明さんはちっともよくなかったかもしれないけど、それでも俺……後悔はできないよ。好きな人とそういうことするってさ、嬉しいことのはずだから」

「千夏史……」

「だからさ……思い出して、明さんも。誤解したままでいるぐらいなら、ちゃんと兄さんのこと思い出してあげてよ……明さんのために」

すっと両肩を押して身を離した。

「今日は来てくれてありがとう」

『じゃあね』と添えて、千夏史は日和佐と別れた。

また、とは言わなかった。千夏史が踵を返す瞬間も、日和佐はただ放心したように見上げているだけだった。

その場に座り込んだままの男を残し、病棟に戻る。出てきた裏口を目指して中庭を過ぎる千夏史を、陽光は穏やかに照らす。

ちょっと顔を仰がせただけで、眩《まぶ》しい太陽が視界に映った。

秋の空はどこまでも澄んでいて、高い。

青い空。

自転車の荷台に腰をかけ兄を待っていた日和佐は、きっといつもこんな空を見上げていたのだろう。

そんなことを思った瞬間、千夏史は頬が濡れるのを感じた。

ぼろぼろと涙が零れる。バカみたいに泣けてくる。

人を想う気持ちはどこからくるのだろう。

何年過ぎようと空の色が変わらないみたいに、自分はずっと日和佐を好きで居続けるのだろうか。

それならそれでもいいやと思った。とても苦しいことのはずなのに、打ち消してしまいたくない。忘れたくはない。

涙の感触を手の甲でごしごしと拭いながら、やっぱり千夏史は好きな男のことを考え続けていた。

部屋は荒れていると言っても過言ではなかった。

深夜、仕事を終えて帰宅した日和佐は自然と溜め息を零す。昼間無理に時間を作って病院に寄ったせいで午後の仕事が押し、帰りは日付もとうに変わった時刻になってしまった。

せめて自宅でほっと息をつこうにも、どこもかしこも雑然としていてげんなりする。

千夏史がバイトに来ていた頃とは比べようもない。このところずっと仕事に忙殺され、家事をこなす時間がないのもあるけれど、理由はどちらかというと別のことだ。

昨日家を出て行った男。予定外の同居人が原因だった。

相原春巳《あいはらはるみ》。顔はいいが、性格は多分に難ありの若いモデル。その鼻っ柱の強いところも、ちょっと頭の弱そうなところも日和佐は嫌いではなかったけれど、同居人としては最悪だった。

一体、普段どうやって生活をしているのか、まるで生活能力が無い。料理はもちろん、箇単な家事さえできない。押しかけで居ついてしまったのを悪いとは思っていたらしく、洗濯をしようとしてみたり、本人は至って気を使っているつもりでこれだから救いようがなかった。

「またか……」

酒でも飲んで気を紛らわそうにも、ワインオープナーが見つからない。

どこに片づけられたか判らないのではなく、表に出てるのかも判らない状況だ。恐らく洗濯したと見える衣類が、どういうわけかキッチンのカウンターに積まれていたりする。

千夏史に世話を焼かれていた頃が、正直恋しい。元は自分で済ませていたことなのに、その居心地のよさに、いつの間にか慣れてしまっていた自分に気づかされる。

「……あのバカ、ヘタにいらん世話焼いたりするから」

久しぶりの完全な一人生活。元どおり謳歌《おうか》するはずが、上手くいかない。

日和佐はワインは早々に諦め、冷蔵庫から取り出した缶ビールを手に寝室に向かった。少し身震いする。

もう、冷たいビールを楽しむ季節ではない。明かりと一緒にエアコンをつけた。そのまま戸口の壁に凭れ、じっと部屋の中を見つめる。

昼間の千夏史の言葉は、ずっと頭に居座り続けていた。

『思い出して』

言われなくとも覚えてる。

『忘れた振りなんてしないで』

あの頃ずっと一緒にいたのは、奔放で摑めない男。それ以上知っていることも、今更判るものもあるはずがない。

日和佐は部屋の棚に近づき、缶ビールを置いた。千夏史の言葉に意味がないのなら、確認したっていいはずだ。目にしたところでなにも変わるはずはなく、強硬に言葉を拒むのであれば、それは自分が真実でも怖《おそ》れているみたいで嫌になる。

日和佐はあの箱を取り出した。床に胡坐《あぐら》をかき、面倒臭げに蓋を開けた。まるで昨日も今日も毎晩かかさず開いていたみたいに、革の箱はすっと開いて中身を覗かせる。

取り出した写真の束は膨大だった。

そこには自分か由多夏しか写っていない。撮り貯めたプライベート写真。残して置こうと箱に入れたのは由多夏だけれど、写真の大半は日和佐が写したものだ。

「由多夏……？」

七年ぶりに見た男の姿に、日和佐は違和感を覚えた。窓辺に座っている横顔、食事をしている姿、カメラ目線で珍しく口を開けて笑っている表情も、自分が記憶していたはずのものと違って見える。

確かにこれは由多夏だ。

けれど、幼い。

一緒に収まった自分の顔も含め、ひどく子供に見えてならない。捲っても捲っても、古い思い出の写真には、どこかあどけなさを残した目元や唇をした男が写っているばかりだ。

「あ……」

三分の一ほど雑に捲ったところで、裸の写真が出てきた。

由多夏一人の姿もあるが、ベッドで抱き合っているものが多い。箱の写真の大半を占めているのは、二人のセックスを写したものだ。

いわゆるハメ撮り。悪趣味にもほどがある写真の数々。撮り始めたのはなんのきっかけだったか、やっぱり由多夏が言い出したのは間違いない。

けれど、見ればげんなりするとばかり思っていたそれらは、想像ほどに猥雑《わいざつ》ではない。

思ったよりも細い、ひょろりとしなやかそうな体。人を食ったみたいに妖艶《ようえん》な微笑を浮かべ、ときに自分を誘っていると思えていた由多夏の表情も、ただの背伸びをした子供の少しだけ生意気な笑みに過ぎない。

「……なんだ、これ」

誰かに写真を丸ごと摩《す》り替えられでもしたような衝撃だった。なにか大きなもので打ちつけられたみたいに、頭に描いていたものが粉々に砕かれる。

自分が七年の間に作り上げた強固な記憶はなんだったのか。

これは、じゃれつくただの子供の姿だ。

自分にしがみつく腕、肌に唇を押しつけるその顔。淫らに繋がれた体も。どれもただ、好きな相手の肌を無心に求める未熟な恋人同士の姿に過ぎない。

呆然と写真を捲り続け、日和佐は半分ほど青い色の占める写真に辿り着いた。

屋上だ。

あの、最初に言葉を交わした校舎の屋上。カメラマンは由多夏だったのだろう。抜けるような青空の下で、風に吹かれながら制服姿で煙草を吹かしている自分の姿が写っている。ぶれていて、顔の表情はよく判らない。

「……ヘタクソ」

呟きながら、由多夏の言葉を脳裏に思い起こす。

擦《す》れた表情と仕草で、深い意味などなさそうに声をかけてきた男。

『あそこからね、君の姿がよく見えるんだ』

あれは、そうだ。千夏史の推測は遠からず当たっているのだろう。由多夏が煙草に興味を持っていた理由も、声をかけてきたその訳も。

『俺にもそれ、一本ちょうだいよ』

他愛がないとばかり思っていた、あの言葉の本当の意味——

『思ったよりきついの吸ってるんだね』

目の奥が痛くなった。

熱い。そう思ったときには、ぱたぱたとなにかが写真を叩いていた。

自分が泣いているのだと気がついても、涙は止まろうとしない。写真を凝視しようとする傍から浮かんできては、目蓋の縁を超えて粒となって幾重《いくえ》にも落下する。

今、ようやく判った。

自分はあの別れのとき、ちゃんと泣いておかなければいけなかったのだ。

思い出すのが怖いばかりに、かけがえのないものを失ってしまった自分を、ずっと認めようとしなかった。あれからもう長い年月が過ぎたと、ことあるごとに口にしながらも、それを自分は少しも受け入れていなかった。

過去の自分が子供に変わるほどの、長い月日だったのに。少しも前へなど進んでおらず、過去を客観的に捉えることすらできずにいた。

あれは確かに恋だった。

自分も由多夏も子供で、ただ少し捻くれていただけに過ぎない。恋もセックスも遊びと照れ隠しに嘯《うそぶ》き、互いに大人の振りをしたがっただけなのに。

「由多夏……気づいてやれなくて、悪かったな」

あのとき、恋をするのに大きな理由はなかった。ただ心が弾んだ。いつもは凪《な》いで乾ききっていた心が、激しく鼓動を打った。いつもの景色、いつもの空さえ美しいものに思え、出

会いから十年以上が過ぎても忘れないものになった。

写真の霞《かす》みがかったような空。今なら自分も、もっと美しくこの空を写真に写し込めただろう。

けれど、ありのままに残せていなくとも、ちゃんとあの空の色なら覚えている。

そして、今だって目にしている。

『だからね、俺、明さんを好きになったんだよ』

真っ直ぐな目をして、自分を見ながら千夏史は言った。

いつの間にか千夏史は大人になっていた。

華奢《きゃしゃ》な体に細い腕なのに、抱き締められて心穏やかになる自分を感じた。そして、飾らない想いをストレートにぶつけられれば、正直どうしていいか判らなくなるほど心は揺らいだ。

千夏史の頭上に映る空は青かった。記憶に焼きついて離れない空と同じ。屋上で目にしていたあの空、自転車の荷台に腰掛け由多夏の帰りを待っていたときの空のように、どこまでも高く澄んでいて、眩しく映った。

——自分はきっと、今日見た空も忘れはしないだろう。

再び焼きついた記憶。その理由を知っていながら、まだ目を背けようとしている。いつまでも子供じみた思考で、面倒だの煩わしいだのと逃げを打ち、本音は——

本当は、再び失うのを怖れているに過ぎないのかもしれない。

「……千夏史」

日和佐は写真の束を箱へと戻し、静かに蓋を閉じた。

「中沢、それ全部三番ね」

空いたカラオケルームの片づけを終えて厨房に戻ると、言い渡された一言に千夏史は驚いた。

「え？」

「三番、なんかまた指名なんだもんよ」

今度は差し入れをすると律儀なメールをくれてはいたが、前回から一週間ほどで紗和がまた一人カラオケに来るとは思わなかった。『また食べ残すに決まっているのに』と、一人には多過ぎるフードの皿とドリンクを運ぶ。

土曜の今日は、千夏史にとって約一週間ぶりのバイトだった。病み上がりだからと店長が珍しく気を使ってくれた週末のシフトは健康的な昼間で、通路沿いの部屋からは家族連れや若い友人グループの賑《にぎ》やかな歌声が響いてきている。

「お待たせし……」

三番のガラス戸を開いた千夏史は、硬直した。そこにいるとばかり思っていた紗和の姿はなく、代わりに歌本を膝に長椅子に座っている男の姿に目を剝く。

「あ、明さん、な、なにして……」

「なにって、カラオケ以外をやってるところに見えるか？」

アニソンでこそなかったけれど、日和佐はマイクを握っていた。カラオケなんてまるで似合わない。曲の途中にもかかわらず、千夏史が来ると最初からやる気なんてなかったとばかりにマイクは長椅子に投げ出す。

抱えた皿をテーブルに並べながら、千夏史は頭を混乱させつつ言った。

「紗和さんかと思った……」

「紗和？　あいつ、カラオケなんて歌いに来るのか？」

知らずに同じ行動なんて、遠縁でも血が繋がっているだけのことはある。

「明さん……どうして、ここに？」

「ああ、今日は昼におまえが入る予定だって聞いてたからさ」

「聞いたって、店にわざわざ？」

「尋ねてみるしかないだろう。俺はおまえの新しい携帯番号知らされてないんだからな」

嫌味を籠《こ》めた声音で男は言う。それとも、自分に後ろめたいところがあるがゆえの被害妄想でそう聞こえるだけか。

千夏史が携帯電話の番号を変えたのは、病院を退院した翌日だった。

ケジメをつけたいと思ったのだ。日和佐の気持ちを知った。一方的に押しつけるみたいな形になったけれど、告白もできた。もう、いつまでも日和佐の後をチョロチョロと追いかけていた自分には決別しなくてはと、誓う心がそうさせた。

そもそも、自分ばかりが連絡していたのだ。

「ごめん、明さんが用事があるだなんて思わなくて……」

テーブルと椅子の間に突っ立ったままの自分を、日和佐は胡散《うさん》臭げな眼差しで見る。

「あるに決まってるだろ。おまえは気紛れに俺を甘やかしておいて、それで言いたいことだけ言って、『さようなら』か？　そんなドライで薄情な奴とは思わなかったよ」

「薄情って……」

さようならとか、言いたいことだけとか……ほかにもなにかすごいことを聞いた気がするけれど、千夏史は戸惑うばかりだ。

「どうせあの女には新しい番号も知らせたんだろう？　俺に紗和に頭下げて教えてもらえってのか？　それとも、家を訪ねろってか？」

「そんなこと……」

「おまえさ、どの面下げて俺が友達面して家を訪ねたりできるんだよ。俺は由多夏の『親友』ってことになってんのに、なんで今度は九つも下のおまえの友達だよ。いいかげんおまえの親にいろいろバレるっての」

日和佐はいいながらテーブルに手を伸ばす。『ていうか、俺おまえの家にとって悪人過ぎだろ』などとぶつぶつ呟いたりしつつ、注文したドリンクのアイスコーヒーを一口飲む。

「千夏史、あの話な」

「話？」

「おまえが大人になったのは認めるけど、あの約束は守れないよ」

なにを急に言い出したのかと思って、千夏史は反応できなかった。

「十一年前の自転車置き場の約束だ。悪いが無理だ。おまえが大人に成長したからって、今更『保留』やめて『お友達』になんてなれるわけないだろう」

日和佐のつく息に、アイスコーヒーが波打つように揺れる。

「追いつかないよ。俺も年取ってんだから、おまえは一生かかっても俺の年齢には追いつけない。友達になるのに年なんて関係ないって言ってしまえば、ありなのかもしれないけどな……俺にとってあれは、その場限りの誤魔化しだったんだよ」

「そんなの……判ってるよ。俺だって、判ってたよ」

どうして今なのか。もう判りきった、終わったことだ。

そんな遠い約束にこじつけて、もうつきまとうつもりは千夏史にはない。念を押すために、ここへ来たのだろうか。『好きだ』と告白をしたから、前よりずっと干渉してくるに違いないと思って――

携帯電話の番号だって、変えたのに。

「明さん、俺はっ……」

「先週さ、紗和から連絡もらったとき、心臓が止まるかと思った」

テーブルに戻されたグラスが、カタリと音を立てる。

日和佐は再びこちらを見上げてきた。

「それは……兄さんのこと思い出したからなんじゃ」

「ああ、そうだよ。言っただろう、二度と同じ思いはしたくないって。俺はな、もう大事なものを失くすのは嫌なんだ」

千夏史は言葉にまごつく。話の行く末をどう理解したらいいのか、少しでも都合のいいほうへと解釈したがる自分がいるのを感じ、反応に迷うあまり身じろぎもせずに男を見返すだけになる。

「なんとか言え。言ってる意味、判るか？」

「…………怪我には気をつけろってこと？」

日和佐は『はは』と苦笑いした。

「男はモテるイケメンくんと、イジケたモテないくんに二極化してるんだったな。おまえがイジケたくんなのを忘れてたよ。違うだろ？　それもあるけど、おまえが大事ってことだろ？」

「大事って……」

「ああ、由多夏の弟だからとかもナシな。もっとはっきり言わなきゃ判らないか、面倒臭いな……おまえが好きってことだ」

ますます体が硬直するばかりだった。

呆然となる千夏史の前で、『つまんない言葉、言わせるなよ』とかなんとか、日和佐はらしくもない照れ隠しみたいな言葉を添えている。

「でも……でも、兄さんは？　明さんが好きなのは、今でも兄さんじゃないの？」

「そうだな、好きだよ。けど、あいつはもういない」

「そりゃあ……いないけど、でもいなくなっても明さんはずっと……」

「もしあいつが目の前に現われたら、俺は前と同じに惚《ほ》れるかもね。けど、いない事実はもう変わらない。絶対にだ。それを論じるのはおかしいだろう？　それに、あいつがいなきゃおまえとも出会わなかったし、こないだおまえも言ってくれたじゃないか……ずっと見てきたのは、あいつを好きな俺だったたって」

けれど、自分が言うのと日和佐が口にするのとでは違う。

突然のことに、つい否定ばかりを繰り返してしまう千夏史に、日和佐はもう一度はっきりと告げてきた。

「おまえが好きだよ、千夏史」

四の五の言わせない、強い言葉。

何故だか、二人して無言になった。

奇妙な間に、堪《こら》え切れなくなったみたいに日和佐が動いた。

急に腕を引っ張られて『わっ』となる。引き寄せられて屈まされ、急接近した顔に驚いてぎゅっと目を瞑《つむ》れば、襲ったのは頭をぐしゃぐしゃと掻き撫でる手だ。

「まいったね、この年になってどきどきすることもあるんだな。好きとか、愛してるとか、俺はもう言い尽くしてると思ったのに」

「明さん……」

「俺は考えてみれば、一度もないのかもな。由多夏には言わずじまいだったから、今までそこまで好きな奴に気持ちを伝えたことはなかったのかもしれない」

なんと返したらいいのか判らなかった。

それは、素直に喜ぶべきところなのか——

「今夜、うちに寄れるか？　ここ、何時に終わる？」

「え……あ、うん。ろ、六時」

「六時な、逃げるんじゃないぞ。ていうかおまえ、やっぱりバイトはクビになってなかったんじゃないか」

矢継ぎ早に続く日和佐の言葉のどれもが、千夏史には対応に困るものばかりで、どこから焦っていいかさえ判らずにいた。


千夏史が日和佐の家を訪ねたのは、約束どおり、バイトの終わった夕方六時過ぎだった。心臓がどきどきし過ぎて壊れそうだ。口から飛び出しそうな気分を味わいながら部屋の前に立ったのに、扉を開けた日和佐の出迎えの言葉といったら最悪だった。

「新聞の勧誘なら間に合ってるぞ」

啞然となる。

日和佐はくっと笑った。

「勧誘じゃないならさっさと入れ」

あまりにも普段どおりの男に気が抜ける。中に入る千夏史は、廊下に上がりながらふと忘れていた事柄を思い出し、『あっ』と声を漏らした。

「どうした?」

「あ、あの人は? 明さん、一緒に住んでる人いるんじゃ……俺が鍵、預けた人」

「ああ……あれね、先週出て行ったよ。やっと帰ってくれたっていうか」

心底ほっとしたように息をついている日和佐は、千夏史の顔を見るとあっさりと告げる。

「なんか疑ってるようだが、あれは訳ありで置いてただけだ」

「訳ありって……なんで？　明さん、今までいろんな人家に呼んでたけど、誰も住ませたりしたことなかったのに」

「さぁ、なんでだろうね」

言われてみれば不思議なのか、首を捻っている。千夏史にはあの男の顔立ちのせいに思えてならないのだけれど、日和佐は自分では気がついていないのだろうか。

「寂しくなったのかもな」

「寂しいって、そんな今更……明さん、ずっと一人暮らしなのに……」

それ以上説明をしたくなさそうな男の後を追う。廊下を抜けてリビングに入った千夏史は、疑問も忘れて部屋の有様に目を奪われた。

部屋は雑然としている。

「ど、どうしちゃったのこれ……わ、なんでこんなとこに雑誌積んでるの」

入口近くに、小さな雑誌の塔までできていた。ちょっと避けようと手を出すと、なんとなく気分が落ち着く感じがした。家に招かれたものの、慣れない状況にどうしたらいいのか判らない。

渡りに船、とはこういうことかもしれなかった。小言めいた独り言を交えながら、無造作に置かれたものの整理整頓を始めようとして、千夏史は腕を取られた。

ぐいっと壁のほうへ押しやられる。

「俺はハウスキーパーを家に呼んだつもりはない」

また頭でも叩かれたり、髪を掻き撫でられるのかと思えば、違っていた。

押しつけられた壁に後頭部を擦りつけながら頭上を仰ぐ。ふらっと日和佐の顔が近づいてきたと感じた瞬間、唇に柔らかな感触を受けていた。

ぎゅっと強く重ね合わされる唇。見開いたままの目に、男の伏せた目蓋と意外に長い睫《まつげ》がぼんやり映る。

微かにぶつかり合った鼻先は、くすぐったいような感覚を残した。日和佐が顔を起こしても、千夏史はそのまま石膏みたいに身を固まらせていた。

「……今日、おまえに会いたいと思って、仕事の時間も無理矢理調整したんだ。部屋が散らかってることぐらい、大目に見てくれよ」

柔らかな笑みを浮かべ、そう説明する日和佐の言葉にも千夏史は動き出せない。

「どうした?」

「キス……した」

「ああ、したな」

ぎこちない声を発する。その反応に日和佐はなにか察したみたいに、また笑みを深くする。

「……本当なんだ」

「なにが?」

「俺のこと、好きって言ってくれたの」

「おいおい、まだそんなとこから疑ってたのか。こっちはおまえが来るのをじりじりして待ってたってのに……」

不貞腐《ふてくさ》れた男の声とともに、体に圧力を感じた。拘束する勢いで両腕を壁に押しつけられ、受けた二度目のキスは一度目よりずっと長かった。

落ち着くのにちょうどいい場所を探すみたいに何度も角度を変え、唇は重なり合う。やっとぴったり合わさったかと思えば、今度は湿ったものが唇を分け入ってきた。

「んっ……」

自分の内へと潜り込んでくる男の舌先。どういうキスかぐらい、千夏史だって知っている。応えようと思ったけれど、どうやったらいいのか判らなかった。

「……あ、明さ…っ……」

上手く息を継ぐ間もない。くぐもる切れ切れの声を上げながら、ただ懸命にその舌を追いかける。

想像よりずっと大きな存在感。日和佐の舌は厚くて力強く蠢《うごめ》いて、体温を高く感じる。歯列を撫でられただけでぞくぞくした。上顎の裏から喉奥に向けて舌先を這わされると、まるで体の際どい場所に愛撫を受けているみたいな感覚で、どこからともなく湧き上がってきた官能が体にじわりと広がる。

やがて、かくんと膝から力が抜けそうになった。

「あきっ……ちょっと、待っ……」

壁の上を体がずり落ちそうになる。挟み込むみたいに強く体を重ね合わされ、いつの間にか両足を割って入った男の膝に、千夏史は身を竦ませた。

日和佐の腿の辺りが、自分でも知らない間に反応していた体の中心を押し上げる。

「待っ…て、待って……」

キスをしているだけなのに、全力疾走でもしたみたいだった。胸は張り裂けんばかりに高鳴り、息は苦しい。なのにそれが少しも不快ではなく、心地よくてならない。

乱れた息をつく千夏史のすぐ先に日和佐の顔はある。笑われることにさえ、どきりとなった。

「なに泣きそうな顔してんだ。まだキスしただけだろ……そういえば、確認してなかったっけ。おまえこそ、本当にいいのか？」

「いい…って……？」

「俺でいいのか？　俺は意外と面倒臭い、本当は手のかかるロクでもない性格なのはおまえも知ってるだろう？」

「嫌だったら……好きに、なってない。でも……」

「でも、なんだ？」

日和佐は根気強く自分の言葉を待ってくれる。こんな扱いにも、優しくされるのも正直慣れてなくて、千夏史は焦って言葉を探す。

「……明さん、嫌だったんじゃないの？　こういうの、俺やり方とかよく判ってないし、あんときもなんにも俺はできなくて……だから、つまんなかったんだろ」

「嫌だったら最後までできないだろう。男は判りやすいからな」

「けど、最悪だって……」

思い出すと、自然と顔が沈んで俯きそうになる。

応える日和佐の声に、少しも浮ついた調子はなかった。

「悪かった。あれは、俺が最悪だったってことだ。切れた勢いでおまえに手を出して、最悪だと思った。もう嫌か？　酷いこと言った奴とは、やりたくないか？」

答えは決まっていた。だから、今度はすぐに返すことができた。

「う、上手くできるか判らないけど」

上げかけた千夏史の顔は、耳元に囁《ささや》かされた言葉に結局また沈む羽目になった。

「俺が教える。全部、教えてやるから」

「……きらさん、明さんっ」

ベッドに辿り着くまでに、千夏史の体は熱を持ってぐずぐずになってしまっていた。途中、何度も足を縺《もつ》れさせて転ぶかと思った。

「あ、や……」

「なにが嫌なんだ？　まだなんにもやってないだろ」

「でも、明さん、ムチャクチャ……」

滅茶苦茶にやらしい。日和佐は意外にもキスが好きらしい。壁際で幾度となく吸いつかれ、口の中を掻き回したりするから、千夏史は頭までぼうっとしてしまって、大変なことになっていた。

ベッドの上に乗り上がった千夏史は、へたり込んだようになって、向かい合う男の顔を見上げる。服の上から撫でられただけの体が熱い。シャツを脱がされれば、胸元の小さなそれも刺激をいっぱいに受けた後みたいに形を変えていた。

乳首は腫れぼったいだけでなく、不自然に赤い。

「どうしたんだこれ、悪い虫に刺されでもしたか？」

「あ、明さんが……前に大きくないとって」

変だったかもしれない。でも、男でもそれが感じると教えたのも、自分のは小さ過ぎてこのままでは変みたいに言ったのも目の前の男だ。

「俺が言ったから、それでオナニーの度に弄ってたのか？」

状況を単に言い当てられただけなのか、揶揄られているのか判らない。普段から艶っぽい日和佐の声は、ただ喋っているだけでも官能的に響き、変なスイッチでも入ったみたいになっている千夏史の体は震えそうになる。

「どうやってこんなに赤くしたんだ？」

「ど、どうって……」

千夏史は言われるまま指で触れてみた。けれど、単調に引っ張るばかりの色気ない仕草だ。

「バカだな、それじゃ痛いだけだろ。腫らすのと膨らませるのは違うだろう？」

「そ…そうかな」

どちらも大して変わらない気がする。ほかの方法を想像してみようとして、ぱっと思考を散らされでもしたみたいに、千夏史はなにも考えられなくなった。

「あ……」

濡れた感触に息を飲む。薄い胸の上で不釣合いにぷくりと赤く尖《とが》ったものを、日和佐の唇がやんわりと包んだ。

濡れた舌先が宥めるみたいに動いて、小さな乳首を優しく愛撫する。

「…ぁっ……くすぐったい…よ……」

「……すぐ、よくなる」

「すぐって……んっ……」

無意識に言葉を反復しながらも、千夏史は感じた。芯《しん》を持ち始めたそこが、湧き上がるうずうずとした感覚に合わせるみたいに、中から膨らんでくる。

ちゅくちゅくと音を立てて啄《つい》ばまれる度に、下肢のものまで快感を訴え、服の中でぴくんと反応しては懸命に頭を擡《もた》げようとしているのが判る。

「……っ、あっ……明さん…っ……」

体が揺らいだ。濡れた舌先に跳ね上げられる度、不安定に揺れ出す千夏史の体を、背に回った長い腕が抱き留める。

ベッドにぺたりと落としたままの腰を、シーツにもじもじと擦りつけるように千夏史は悶《もだ》えた。

「見せてみろ、そっちも」

眇《すが》め見る男は、耳元に卑猥《ひわい》に囁きかけてくる。

パンツのボタンにかけられた指。寛げられた合わせ目から、触れてほしそうに姿を覗かせた性器は、その手に包まれてじんと快感を走らせる。

「男は判りやすくていいな。ここは正直だし？」

「……よくない、嫌…だ」

「なんでだ？」

「なんでって……恥ずかしいし……」

「バカ、恥ずかしいからいいんだろ？　大人になったかと思えば、こっちは全然だな」

「だって……」

大人になんてなりようもない。経験なんて、あの一度だけだ。

「千夏史、俺に教えろよ。おまえがココを勃起させて、エロエロになって……俺を欲しがるとこが見たい」

頭が変になりそうだった。

なんてやらしい人なんだろうと思う。そんなの、最初から判っていて好きになった時点で負けているのか。

「……あっ、んん…っ……」

「可愛いな。もう濡れてる」

「あう……ぁっ、や……」

言葉に嬲《なぶ》られ、体も思考もとろとろになっていく。日和佐の手の中で性器がぴくぴくと跳ね、滑りを帯びた先走りが浮かび始めたのが判る。

「……さんっ、あき…らさんっ……」

きゅっと手のひらに強く包まれ、声が上擦《うわず》った。やわやわと揉まれて広がる、むず痒いような快感。形を変え始めても、まだ先のほうは身を隠したみたいに、すべてが綺麗に現われきれずにいるそれがひどくもどかしい。

「あ……明さん、明さ…っ……」

「ん、なに？」

「それ……あっ、それっ……」

懇願して腰が揺れる。

注がれる視線に頭がどうにかなってしまいそうだ。

「ひぅっ……」

日和佐の手の動きに合わせ、充血したみたいに赤く染まった尖端が露わになる。濡れ光るそれを見せつけるように扱かれ、千夏史は羞恥に啜り泣くみたいな声を上げた。

「小さいのも可愛いもんだな。いちいちこうして剝いてやるのも悪くない」

「……む、剝くとか……言うの、やめて。気にしてるんだ……」

「アホか。そんなもん、珍しくもない。気にしてんのは日本人ぐらいのもんだ」

「そ…そうなの？」

「こうしても出てこないんだったら、いろいろ困るだろうけどな」

日和佐は笑ってもいないけれど、千夏史は半信半疑で思わず尋ねた。

「あ……明さんのはどうなってんの？」

「知りたいか？」

「……うん」

好奇心に勝てない。こくりと頷くと手を取られた。導かれるまま、日和佐の体の中心に触れる。昂ぶるその感触に、千夏史は衣服越しでも頭が沸騰してしまいそうな気分を味わう。

「そんなんじゃ判らないだろ。脱がせてくれないのか？」

促されて焦る。ベルトを外し、ボタンを外し——日頃服を着替えているときと変わりない、なんてことないはずの行為にもたついた。

直《じか》に熱を感じた途端に引っ込めそうになった手を強く引き戻され、千夏史は強引に触れさせられた。

熱っぽい男の声が、耳に吹き込まれる。

「酷いな、おまえ。焦らそうとしてんのか？」

「そ、そんなつもりじゃ……」

触れられても触れても、どちらにしても自分のほうが恥ずかしいのはどうしてだろう。声すら掠れて、裏返りそうになる。

「知りたいんだろ？　ほら、もっとちゃんと触って確かめろよ」

「でも……これじゃ判らない」

「判らない？　どうして？」

「すごい……大きくなってる」

とても普段の状態なんて判るはずもない。日和佐のそれは、なんだかすごいことになっていた。熱くて、雄々しくて、自分の貧相なものなどと比べようもない。あまりに違い過ぎるから、劣等感に凹むのも忘れて――千夏史の体まで熱くなる。

じわじわと体温が上昇するのを感じた。

日和佐のくすりと笑う息遣いが聞こえる。

「大きくなってなきゃ、問題だろう？　散々興奮させられてるってのにさ」

「興…奮？　あ……」

ふらっと顔を寄せられ、湿ったままの唇がまた重なり合う。

「なぁ千夏史、気持ちよくしてくれよ」

「明さん……」

「俺のことも、して」

眸を覗き込むようにして甘えたことを言う男の表情に、視線も意識もからめとられる。ぺろっと閃いた日和佐の舌先は、赤く色づいたままの千夏史の唇を辿り、またするりと内側へと滑り込んできた。

堪らなかった。ちょっと口腔に含んだだけで、千夏史はくらりとした酩酊感のようなものを覚える。体の奥がきゅっと軋《きし》むみたいに痺《しび》れて、知ったばかりのキスの快感を思い出しては、その舌に自ら吸いついて続きを求める。

「……ぁ……ん……」

向き合う身を寄せ合い、口づけながら互いの性器を探った。

上手になんてできるわけもない。千夏史は日和佐の手の動きを真似て拙《つたな》く動かすばかりで、その何倍もお返しに煽られ、翻弄《ほんろう》される。

「……明さんっ」

ひくひくと尻が弾んだ。弄られる傍から、また雫《しずく》がいっぱい浮いてくる。

「あ、だめ…だ……も、もうっ……」

「イキそうなのか？」

「……うん、う…んっ」

「もうちょっと我慢できるか？　腰……少し、浮かせてみろ」

「あっ……」

こくこくと素直に頷いて従う千夏史は、腰を浮かせた瞬間、緩んだ衣服をあっさり下着ごと下ろされて身を竦ませた。

腰の後ろへ男の手が這い下りると、日和佐自身を探る手はどうしても疎かになる。

「なんだ、もう可愛がってくれないのか？」

「…でも、後ろっ……だめ、指……俺っ……」

「嫌なのか？」

自分を作り替えてしまおうとする男の肩に額を押しつけ、千夏史は首を左右に振った。

嫌なんじゃない。ただ自分が駄目に……どろどろになって、我を忘れてしまうのが判っているから怖い。

小さく噤んだ入口をゆるゆると撫で始めた指先は、あっけないほど簡単に千夏史の中へ沈んだ。日和佐の指が濡れそぼっているのが、自分が零していたもののせいかと思うと居たたまれない。

「……ひ、ぅっ……」

長い指が奥まで届く。ベッドについた両膝から戦慄くような震えが上ってきて、千夏史はどうしていいか判らずに日和佐にしがみつく。

「……小さい尻なのに、感じやすいよな」

「や、うう…っ……」

ゆっくりと今度は抜き出される指の感触に、千夏史はしゃくりあげるみたいな声を上げた。日和佐の一方の手の中で再び包まれた性器は、ぴんと突っ張るみたいに張り詰めて弾み、溢れる先走りでとろとろになっていく。

「千夏史」

呼ばれて逃げを打つ。

「……嫌だ……変な顔、してる」

「おまえが感じてる顔が見たいんだよ。見せてくれないのか？」

それはずるい。そんな風に言われたら逆らえない。

少しだけのつもりでそろりと顔を上げると、日和佐から目は離せなくなる。ずっと好きでいた男の顔だ。恋しくてならなかった男が、自分を真っ直ぐに見ている。

「明さ……あっ、あっ……」

千夏史は視線を絡めたまま、薄く開いた唇から吐息を漏らした。息は物欲しげな嬌声となって零れ落ちる。

きっとこんなこと、自分は何度やっても慣れたりできないと思った。あんな場所に日和佐の指を飲み込んでいるのだと思うだけで、おかしくなる。

長くて綺麗な指。カメラのシャッターを切ったり、ときどき自分の頭を小突いたりもするあの指——

「……あ…ぁっ……」

日和佐の触れた場所に、ぶるっと体が震えた。

「……そこ……や、だ」

「……ん?」

「そ、そこ…っ……嫌っ……」

「ああ、ここが好きなんだよな?」

「ちがっ……」

言葉が通じない。否定は肯定へと変えられる。

「嫌じゃなくて、イイんだよ」

その場所で指を動かされ、増やされた二本の指先に円を描くみたいに揉まれると、快感が深いところまで走り出す。

顔が熱い。耳まで痛いくらいに熱を感じる。火照《ほて》った顔で頭を振りながら、千夏史は喘いだ。健気《けなげ》に反り返った小ぶりの性器をあやすように大きな手で扱かれると、恥ずかしくて死にそうになる。

響く淫らな水音。前と後ろを同時に嬲《なぶ》られ、がくがくと腰が揺れる。

「や……ぁ、ぅっ……」

「いい子だ、もうちょっと感じような」

「ひっ、あっ……や、ぅっ、うっ……」

ずっずっとリズムをつけたように繰り返し奥まで指を穿《うが》たれ、千夏史は身をくねらせて悶えた。

「もっ、もうっ……俺、も……ね、明さん、はや……く……」

「いいのか？」

『うん、うん』と真っ赤な顔で頷く。

ゆっくりと体を横たえられたかと思うと、服を全部抜き取られ、両足を変な格好に抱えられた。

指に代わって宛《あて》がわれたものに、頭の奥がぎゅっとなる。

日和佐が入ってくる。慣らされた粘膜は沈み入るに連れ、触れ合ったところからじわりと蕩けるみたいな快感を生み出す。

湧き上がる衝動。穿たれたものの大きさや熱。宙に浮いた足先がひくんと跳ねた。その質量を体の奥に感じ、勝手に身を捩りそうになる。

「……ぁっ……待っ、待って…っ……」

「……どうした？　辛いのか？　やめたいのか？」

「ちが……そ、じゃなくっ…て」

それ以上言葉にできず、ふるりと首を振る。

走り出した小さな震えは、すぐに大きくなって千夏史を飲み込んだ。

「……あ、あっ……」

「……千夏史？」

「だめ、だめ…もう、出るっ……」

シーツの上の腰を弾ませながら、あっけなく射精する。

中に挿《い》れられただけで達してしまった。日和佐の形を確かめるみたいに、包み込んだ粘膜が切なく締めつけているのが判る。

「……ぁっ、あっ……」

「……すごい……な。ところてんだな」

ひどくいけないことをした気分だった。

せっかく抱いてくれて、好きだと言ってくれて……なのに呆れてそっぽを向かれてしまうのは嫌だ。

腹の辺りに散った雫は、日和佐の服まで濡らしていた。震える手を伸ばして千夏史がシャツを拭おうとすると、日和佐はいらないとばかりに自らばっと服を脱ぎ始めた。

「そんなの、気にしてる場合じゃないだろう？」

低い声音。怒っているように感じる。

「あ……ちょっと、ま……待って……」

足を左右に割られた。射精したばかりの性器も、濡れた腹も日和佐の視線の元に晒される格好に、千夏史は叱られたみたいな気分になる。

「ごめっ……ごめん、なさい……明さんっ……」

こんな状況なのに、まだちっとも萎《な》えないでいるそれも恥ずかしい。

日和佐の眼差しにさえ感じる。一人でするときはすぐに引いてしまう熱が、いつまでも冷めることなく体のそこかしこに纏わりついて離れない。

「……謝ることじゃないだろう？　気持ちよかったのか？」

かけられた声に頭上を仰いだ。呆れて怒っているとばかり思った男は、どこか余裕のない表情で自分を見下ろしていて、その声はくぐもるみたいに少し掠れていた。

「なんで謝る？　俺の挿れられて、よかったんだろう」

「……うん」

頷くと、穿たれたものが引き抜かれ千夏史は身を竦ませた。喪失感を覚える間もなく、大きな手のひらが体を撫で擦る。胸元から腹、腰のほうまで這い下り、深く身を傾げてきた男の唇が自分自身に触れる。

「あ……」

性器に落とされたキスに、千夏史は心底驚いた。

「あ、明さ……き、汚いよっ」

「汚くない」

「……っ、あっ……なっ、なんで？」

「なんでって、おまえが好きだからだろう。好きだっての、おまえがまだ判ってなさそうだからだ」

施される愛撫に、千夏史は悲鳴めいた声を上げた。

そんなところ汚い。普段だって汚いと思うのに、射精したばかりの性器へと日和佐は迷いなく唇を押し当ててくる。濡れた幹を啄ばみ、雫の残る先を吸い上げ、口腔深くに飲み込んでいく。

巧みな口淫に、千夏史が陥落してしまうのはあっという間だった。拒むどころか、切なく身をのたうたせてよくてならないのだと訴える。

「……あっ、あぅ……っ……」

体から抜け落ちていたそれが戻ってくる。

解《と》かれた唇に理性を取り戻す暇もない。じわりと中に穿たれたものが、探る動きを見せたのは短い間で、すぐにそれは千夏史の一番感じるところを押し上げてきた。

「ん…ぁっ……」

日和佐はゆったりと腰を使った。

大きく張った先端が、捏《こ》ねる動きで感じてならない場所を何度も何度も押し上げる。強張りでじっくりと嬲るみたいな抽挿に、口淫で敏感になった性器は、淡い子供っぽい下生えまでぐっしょりと湿らせた。

「ああ、もうすごいな。千夏史、まだだ……まだ出すなよ」

「あ……明さっ……」

「もっと……足、広げられるか?」

それはひどく淫らな格好だった。

「力、抜いてみろ。そう、尻ももっと浮かせて……俺のこと、飲み込んで……ちゃんと可愛がってくれよ」

「あ……あっ……」

体の芯でも揺さぶられているみたいだった。

ずるっと体の奥深い場所まで、日和佐が届く。さっき目にして触れたばかりのもの。日和佐の熱が自分の内で脈打ってるのだと思うと、それだけで訳も判らず泣きたくなる。

意識すると、眦《まなじり》からこめかみにかけて濡れているのを感じ、自分が本当に泣いてしまっているのだと判る。

「苦しいか？」

首を横に振る。

「いい子だ、千夏史」

子供扱いだと思ったけれど、そんな些細《ささい》な不満は眼差し一つで消し飛ばされる。少し濡れたように艶めいて見える男の眸は、熱を感じるほどにすぐそこで自分を映している。

見たことのない表情だった。貫く腰の動きに合わせ、艶めかしい溜め息が男の唇から零れる。

「……ん……は…っ……」

「明さ……気持ち、いいの？」

「ん……いいよ。おまえの中、すごい……いい」

「ほんとに…っ……んっ……」

「ああ……いい、俺まで……すぐ、終わってしまいそうだな」

そんな言葉を口にする男が、ふと可愛く思えた。

愛《いと》しい。千夏史は日和佐に触れる。手を伸ばして、その髪へ、顔へと。さっきからずっと自分を昂ぶらせる眸。眦に指先で触れ、頬から唇へと辿らせる。

吐息が思いのほか熱くて、掠めた指はじんとなった。悪戯に唇に食《は》まれ、少しびっくりする。

「……千夏史」

名を呼ばれただけで、体が奥からズキズキする感じがした。首を傾ける男は、その指にぞろりと舌を這わせる。

「……ぁっ……」

舐め溶かすみたいな妖しい舌の蠢《うごめ》き。腰を入れながら、深く指を銜《くわ》え込んだ日和佐の表情があまりにも艶めかしくて、千夏史は微かに喉を鳴らした。

「……指、感じるのか？」

「ち、ちが……」

「なんでも違うんだな、おまえは」

「今のはホントにっ……」

日和佐の表情に感じただなんて、もっと恥ずかしい。

「ふうん……ホントって？　どう違うんだ？」

「……どう……って……」

「応えてくれないのか、千夏史」

「……んっ、や……ぁっ、あ……」

急かすみたいに腰を激しくスライドされて、ますます応えようもない。隙間《すきま》なく日和佐を包んだ粘膜が、擦れるごとに熱を生み出す一方で理性を奪い取り、自分とは思えない甘え声が口を突いて出る。

「……ぁっ、あっ……あき、らさんっ……」

「……可愛いな。キスしてほしそうな顔してる」

口を酸欠の魚みたいにパクつかせながら、濡れた舌を覗かせているのを日和佐はからかい、目を眇め見せる。

「気持ちいいだろ、ココ……こうして一緒になって感じるの……おまえも、嫌いじゃないだろ？」

「んっ、ん……」

「千夏史、なんで俺が……セックス、ちゃんとベッドでするのが好きか……教えようか？」

「なんっ…で？」

「気が散ったら、じっくり相手のこと可愛がってやれないだろう？」

朦朧《もうろう》とし始めた頭でも、微妙な言葉なのは判った。

ほかの誰かまで匂わせるみたいな言葉――

「千夏史、俺になにか言うことないのか？　もう自分以外にはしないでとか……抱くのは俺だけにしてとか、俺が満足させてあげるから……とか言わないでいいのか？」

「……全部、明さ…んが、言って……しまってる」

「それでもおまえの口から言えよ。おまえから……聞きたい」

「もう、しな……」

言わないでいる理由はない。けれど、言葉はなかなか出てこない。きゅっと喉奥が萎《しぼ》みでもしたみたいに言えなくなる。

「……怒ったのか、千夏史？」

千夏史は男の背にただ取り縋る。広い背中に立てた指は、つい爪が食い込むほどに力を籠めてしまっていた。

嫌だ。過去はともかく、日和佐がこれからも誰かとこうしたりするのはやっぱり嫌だった。

――言葉に上手くできないほどに。

こんな面倒臭い反応、日和佐は望んじゃいないだろう。重くて嫌だ。なのに焦るばかりで、抱き締められた男は、微かな息をついた。

「……千夏史、痛いぞ。なんだ……せっかちだな、さっさと腰動かせってか？」

「ちが……」

「……判ってるよ。違うのもちゃんと判ってるから、そうやって……あんまり俺を喜ばせるようなことして煽るな」

「明さん……？」

やや強引に体を少し離されたかと思うと、日和佐は頭上から顔を覗き込んでくる。そのどこか面映《おもは》ゆい表情に、口にせずとも伝わり合った気持ちを感じ、千夏史は幸福感が胸にぶわりと溢れるのを感じた。

再び坂を上るみたいに再開した抽挿。言葉にならなかった分も籠めて、必死で応えようとするけれど、ついて行くだけで精一杯だった。

でも、坂の頂上には、背中をぽんと押されでもしたみたいに先に辿り着く。

「……あっ、あ…ぁっ……」

温い感触を放つ瞬間、千夏史はやっぱり背中にきつくしがみついてしまった。

我を忘れて腰を揺さぶり動かす。深く放たれた熱を感じたのは、思わず伸び上がるように頭を浮かせ、自分から唇を重ね合わせたときだった。

「まぁ、その辺に座ってろよ」

キッチンで日和佐にかけられた声に、千夏史は頷きながらも周囲を見回した。

元々二つしかない小さなダイニングテーブルの椅子は、荷物で埋まっている。日和佐の部屋の乱れようは、キッチンも例外ではなかった。自分が手を出さなくとも整っているのが普通だったはずなのに、かつてない状況だ。

「あー、それな、どっかその辺に移しておいてくれ。まだ片づけてなくて、悪いな。なんかよく見たら俺のじゃない荷物まで残ってるし……まったく取りに来る気はあるんだか」

シンクに向かい、日和佐は悪態をついている。どうやら先週出て行った男に対してらしい。

千夏史は言われたとおり、椅子の上の鞄《かばん》やらを邪魔にならなそうなスペースに移し、腰をかける。

無理矢理作った居場所は、少し落ち着かなかった。コーヒーを淹《い》れる準備を始めた男の背中を見つめ、千夏史はさり気なく問いかけてみる。

「明さん、あの人って……どういう人なの？　その、この部屋にいた人……」

「どうって……前に仕事で一緒になったモデルだけど」

「すごく綺麗な人だね」

「ん、まぁそうだな」

あっさり肯定されてしまった。

なんだかんだ言っても、まだ気になる。日和佐が家に一ヶ月近くも泊めた相手だ。どんな理由があるにしろ、以前この部屋から朝帰りだってしていた男だ。

なにより、引っかかってならないことに——

「あの人、兄さんに似てるよね」

ぽつりと言葉にすると、カウンターでコーヒーメーカーをセットしていた日和佐は、瞬間沈黙した。触れてならない事柄でも突いてしまったのかと思えば、盛大に首を捻りでもしそうな反応を見せる。

「誰の話だ？　おまえ、うちに居候してた奴のこと、言ってるんじゃなかったのか？」

「え……だから、その人の話だって」

「……あの子が由多夏と似てるって？　どこがだ？　目と鼻と口がついているところか？　それならおまえだってよく似てる」

惚けているのかと思ったけれど、そうではないらしい。

日和佐は噴き出すように笑い出した。

「千夏史、年寄り臭いとばかり思ってたけど、その柔軟な思考には驚かされるな。あの子と由多夏が似てるなんて考えもしなかったよ。さっぱり判らないな、俺には。だいたい中身が……」

中身がどうだというのだろう。くっくっと笑うばかりで日和佐はそれ以上はなにも言わない。

結局、語られぬまま、ぬっと差し出されたのはコーヒーの注がれたカップだ。

「ほら、クリームと砂糖、多めに入れといてやったよ。喉、痛そうだからな」

「あ……」

変に気が利《き》く。痛みはさほどないけれど、千夏史の声は少し掠れていた。

理由は一つ。つい今しがたまで、ベッドの上で散々啼かされていたからだ。カップを受け取る千夏史の顔も否応なしにじわっと赤らんで、中身を覗く素振りで俯き加減になる。

「……ありがと」

「どういたしまして」

日和佐は、また微かな笑いを零す。

本当に人が悪い。千夏史は湯気を立てているコーヒーを啜りつつ、でも案外世話焼きなのかもしれないとも思った。絶対、自覚はないに決まっているけれど。

傍らに立つ日和佐は、カウンターに凭れて千夏史と同じくできたコーヒーを飲み始めながら小突いてくる。

「もっと嬉しそうな顔しろ」

やっぱり子供扱いかと思えば、するっと髪を梳《す》くように撫でられ、耳朶《みみたぶ》を掠めた指先のくすぐったさに千夏史は身を竦ませる。

単純にも本当に嬉しくなってしまった。

「ねぇ、明さん……あのさ、今度俺も写真撮ってくれる？」

「写真？」

「うん。明さん、兄さんの写真いっぱい撮ってたでしょ？　俺も、あんな風に撮ってもらいたいと思って」

「え……」

べつに綺麗に撮ってもらおうとか、そういうわけじゃない。日常の一コマを幾重にも写し取った由多夏の写真の数々。千夏史の中で、箱に見たそれらのイメージは鮮烈で、記憶に残っていた。

あんな風に、日和佐に一度でも写真に撮られてみたい。

けれど、日和佐の返事はなかった。

箱の写真のことは、やっぱり未《いま》だに触れてはいけなかったのか。隣で硬直している男の顔を、千夏史は不思議な思いで仰ぐ。

「あの、明さん？」

「断る。まさか、おまえまでそんなこと言い出すとはな。まったく、ついこないだまで子供だとばかり思ってたのに……兄弟、似たもの同士ってか」

ふいっと機嫌を損ねた様子で、顔を背けられた。

「な、なにそれ、どういう……」

「おまえら兄弟と違ってな、俺はピュアなんだよ。言ったろ、こう見えて保守的なんだって。弁当は唐揚げ、セックスはベッドで……だから、おまえの写真は撮らない」

「……なにそれ。なんでそうなるの？　撮ってくれたって……」

「嫌だね」

「明さん！」

すまし顔でコーヒーを飲んでいる男の顔を睨みつける。

千夏史は膨れっ面になった。軽い気持ちで言い出したことだったけれど、そうまで拒否されるとは思わない。

負けず嫌いがちらちら頭を出す。似たもの兄弟とまで言われ、千夏史が思い出したのは、その意地っ張りだけは共通点だった由多夏が自分にくれたものだ。

「明さん、じゃあさ……賭《か》けをして俺が勝ったら写真撮ってくれる？」

「賭け？」

昔、由多夏にお守りだと言って渡されたあのコイン。千夏史は荷物のある居間に向かい、わざわざバッグの財布からそれを探り出してきた。

小さなブロンズ色のコイン。

「いいでしょ……これでさ、賭けるんだよ。ほらコイン投げっての、こうやって……」

ひょいと放り投げる。

「……あっ」

天井高く調子に乗って飛ばせば、華麗に手の甲で受け止めるつもりのコインは足元に見事に落下し、ころころと床を転がった。

テーブルの下に向かったそれを、千夏史は慌てて追いかける。まさか自分がここまで鈍いとはだ。

「そのコイン……」

視線で追う男に焦る。

見られた、と思った。

「な、なに？」

声を上擦らせる千夏史に、日和佐は小さく笑んだだけだった。シャワーを浴びた後だからか、孕《はら》んだ色気の増した目元を意味深に細める。

「……そっか、なるほどね」

「な、なんだよ、明さん？　なるほどって、なに？」

「いや、べつに。前に由多夏が同じようなの持ってたと思っただけだ。懐かしいね」

肩を揺らしてまで笑っている男は、なんだか盛大に怪しい。けれど、日和佐は何事もなかったみたいに続きを促し、千夏史に選択権まで委《ゆだ》ねようとする。

「いいよ、どっちに賭ける？　先に決めろよ」

「……表」

自分に選択権がある限り、この勝負に負けはない。

「ふうん、表ねぇ。おまえって本当に時々思いもよらないこと言ってくれるよな。おまえがそんなにハメ撮りしたいとは知らなかったよ」

「……ハメっ？　なにそれ」

一瞬なんのことだか判らなかった。けれど、どこかで利いた風な単語だと頭を巡らせれば、その手の事柄に疎い千夏史も察しはつく。

「な、なに言ってんの⁉」

「なんだ、おまえ写真見たんじゃないのか？　寝室にある箱、開けてただろう？」

「え、それは……見たけど、普通の写真じゃないの？　食事してるとことか、テレビ見てるとことか、そういうのいっぱいで、俺ちょっといいなって……」

「ああ、そういうのもまぁ入っちゃいるけど……え、じゃあおまえ最初から見てないのか？」

日和佐は珍しく動揺を示した。

「あ、明さん、コーヒーっ！」

力でも抜けたみたいに手元のカップが傾き、重力に従い零れたコーヒーに、日和佐は『わっ』と情けない声まで上げる。

「……まいったな」

焦る姿を初めて見たかもしれない。シャツに零れたコーヒーを、決まり悪そうに拭う仕草はどことなく子供っぽくもあり、日和佐が可愛い男に見えた。

けれど、そんな幻想を目にしていられたのは一瞬のこと。

気を取り直した男は、バツの悪さを誤魔化すつもりか、いつもの飄々と捉えどころのない食えない大人の顔を見せる。

「じゃあ、続きやるか」

「え、続きって？」

嫌な予感を覚える千夏史に、日和佐はさも楽しげだ。

「ハメ撮り賭けてコイン投げ、やるんだろ？　おまえは『表』でいいんだったよな？」

「え⁉　やだよ、お、表はやめる！」

即座に否定すれば、余裕の笑みで男は胡散臭げなことを言ってくれた。

「バカ、大人に二言はないんだぞ」

みなさま、こんにちは。初めましての方がいらっしゃいましたら、初めまして！

大変久しぶりになってしまいました、砂原です。お手に取ってくださって、ありがとうございます。まったく独立した話ではありますが、こちらは以前出していただいた「センチメンタル・セクスアリス」の番外編となっております。脇キャラの日和佐が気になってしまい、例によって我儘を言って書かせていただきました。そのくせ結構な七転八倒ぶりだったので、受け入れていただけるかどきどきです。

あと、今回は珍しくＳＳも書きました。などと言うと、「お、頑張ったね！」って感じですが、ちょうどよいページ数に合わせられなかったためです。散々時間をもらっておきながら、この上まだ迷惑をかける自分を軽く……いえ結構ディープに呪いつつも、書くのは楽しかったです。少しでも楽しんでいただけますと嬉しいです。

今回も本当にいろいろな方にお世話になりました。前回に続き、イラストを描いてくださったヤマダサクラコ先生、今回も素晴らしいイラストの数々をありがとうございます。この話を描いてみたくなりましたのも、前回のイラストの日和佐に妄想が膨らんだからです。

そして、読んでくださったみなさまありがとうございます。気持ちのよい季節にもなってまいりました。どうかみなさまが楽しい日々を送られていますように！

２００９年３月

砂原糖子。

メランコリック・ステディ

表はまだ寒い北風が吹き荒れていたけれど、浮き足立つ千夏史の心はぽかぽかだった。久しぶりに好きな人に会えるのだ。二月に入ってすぐから大学の後期試験だったので、十日以上も恋人には会っていなかった。

そう、今は密かに思うだけの片想いではない。信じがたいことに恋人なのだ。その言葉の響きに千夏史はなかなか慣れることができないでいる。

千夏史の恋人は九つも年上で、仕事のできる有能なカメラマン。同性だけれど魅惑的なハンサムで、男女問わず虜《とりこ》にする大人の男――

「うわっ、部屋暑いっ！」

恋人の部屋に足を踏み入れた千夏史は、開口一番思わず文句を零していた。

試験最終日の午後。再び預けられている合鍵を使って約束どおりマンションを訪ねたのだけれど、室温が尋常でない。暑いのは浮かれて急ぎ足でやってきたせいばかりではないはずだ。

「明さん、暖房つけ過ぎ！　なんかすごい空気も乾燥してるんだけど……」

コートを脱ぎながら真っ直ぐにリビングに向かった千夏史は、入るなりびくりと足を止める。

ソファの上には寝そべって雑誌を読み耽る、薄着の男が一人。日和佐以外に人の姿はなかったものの、思い描いていた光景と違う。最後に訪ねたときにはピカピカだった洒落たリビングは、今一つ片付いていない。

ソファの手前のローテーブルには、空いたグラスの姿も複数だ。

「あ、どうした、千夏史？」

気だるげな仕草でソファの上で寝返り打った男は、自分を見ると微かに笑む。無駄に色っぽいその表情は、普段であれば千夏史の意識を奪うのに充分だったけれど、今はそれどころではない。

「『どうした』はこっちが聞きたいよ。部屋どうしちゃったの？　誰か……来てたとか？」

ちょっと足が遠退いている間に、また誰か住まわせてしまったのではないかと疑う。

そんな心配を他所《よそ》に、男は伸びと共に大あくび。肘掛けの先に伸びた手から、バサリと雑誌が落ちる。

「誰か来てたからじゃなくて、誰も来ないからこうなってるんだろう。千夏史、おまえ何日俺のこと放って置いたと思ってるんだ」

「何日って……試験勉強の間だから、十日くらい？　って、なんで俺が来なかったら散らかるんだよ。明さん、子供じゃないんだから……前は自分ですごい綺麗にしてたのに」

「あのな、人間ってのは一度楽を覚えてしまったら元には戻れないもんなんだよ。おまえがヘタに世話を焼いたりするから悪い」

「なんで俺のせいなんだよ。もうハウスキーパーを呼んでるんじゃないって、自分で言ってたくせに……わっ！」

雑誌を拾い上げるため近づいた千夏史は、ぐいと腕を引っ張られて盛大によろけた。ソファの端に尻餅ついたところを、まるで罠にでも嵌《は》まったかのように、日和佐に抱き込まれる。

「バイト代なら払う」

腰に腕を回したまま起き上がった男は、ぴたりと身を寄せて座りつつ、千夏史の髪に鼻先を埋めて言った。

「そんなのいらないよ、もう」

「じゃあ現物支給」

少し考えてから千夏史は首を振る。

「ますますいらない」

なにが現物に当たるのか知らないが、どうせろくなものじゃないに決まっている。犬のオモチャや猫のオモチャならまだいいけれど、日和佐の考えることときたら――

「なんだよ？　おまえ、現物ってなんだと思ったわけ？　どうせエロいことでも想像したんだろ？　フケツだなぁ、千夏史くんは。お兄さんがっかりしちゃうよ」

耳元でくすくすと笑われ、千夏史はくすぐったさに身を捩るも、しっかりと腰を捉えた腕は離れない。

エロいのはどっちだ。

自分の反応を楽しんでいる様子の男に、呆れつつも少し心配が過ぎる。

「明さんさ……もしかして、やっぱり病気治ってないんじゃないの？」

「病気？」

そろりと口にすれば、怪訝そうに男は首を捻った。

「前に紗和さんが、明さんは……依存症なんだって」

「俺が依存症？　なんの……」

まるで自覚はないのか。日和佐はぽかんとした反応だったものの、考えれば思い当たるところはあったらしく、途端に眉を顰めた。

「アホか。俺は依存なんかしてない。ただ、そこらの普通の人間よりセックスが好きってだけだ」

きっぱりした声で言う。

「……それって、いいことなの？」

喜んでいいのやら嘆いていいのやら。そんなの、胸を張って言い切られても困る。

「千夏史、おまえだって嫌いじゃないだろう？」

「べつに……明さんほど好きじゃないと思う」

「うわ、可愛くないな。なにその、俺だけ汚れてるみたいな言い草。十日も放って置いた上に、その仕打ちはおまえ、恋人としてないんじゃないの？」

不意の『恋人』発言に心臓がどきんと鳴った。何事もない振りしてするっと目を逸らせば、不貞腐れたみたいな声が続く。

「だいたい、おまえが悪いんだ。あと数年もしたら、俺だってもういいかげん飽きて落ち着いたかもしれないってのに」

「え、な、なんでそれまで俺のせいなわけ⁉」

百歩譲って家事は認めるとしても、日和佐のそっちの生活……性生活まで首を突っ込んだ覚えはない。

「判らない？　おまえが俺を夢中にさせるから悪いんだろう？」

「え……」

千夏史が隣を仰ぐと、日和佐は笑んだ。長めの髪を揺らして首を傾げるような仕草をしたかと思えば、チュと軽い音を立てて唇が触れ合う。

「おまえが構ってくれなくて寂しかった」

ずるいと思う。

絶対に計算に決まっている。そう疑いながらも、ありきたりな言葉一つで嬉しくなって、駅から急ぎ足で歩いてきたとき以上に心が躍ってしまう。

家事は手抜きになってもやっぱり日和佐は日和佐で、千夏史は少しも適わない。

「明さ……」

二度、三度と唇は重なる。千夏史がなにか言おうとする度に塞いで置きながら、日和佐は拗ねた言葉を発する。

「俺は指折り数えて今日の日を待ってたってのに、千夏史くんは『べつに』なわけ？」

こんな手練手管に乗せられては駄目だ。騙されては駄目だと思ってみても、惚れた弱みで連戦敗北。今日ぐらいはと思ってみても——

頬や口元を掠め撫でる男の唇は、熱に浮かされて千夏史が口にした言葉までなぞり始める。

「こないだ好きだって言ってくれたの嘘か？　Hのとき、俺とするの……繋がってると、それだけで気持ちいいとか、好きとか嬉しいとか言ってなかったか？」

「そ、それは……」

「可愛くて、俺どうしようかと思っちゃったね。こいつ食っちゃいたいって……まぁ実際食ったわけだけども、こうして」

再び重なり合った唇は、すぐに深い口づけに変わった。

「あ……明さん、待っ……ぁっ」

キスを繰り返しながら、下肢の際どい場所に伸びた手に、千夏史はとても拒んでいるとは言えない声を上げてしまった。

仕留めるタイミングを計ったみたいに、甘い声は誘う。

「寝室……ベッド行く？」

完全に丸め込まれている。まだ明るい午後の光差し込む寝室へと唆されて連れられ、ベッドに雪崩《なだれ》れ込んだ千夏史は、覆い被さってくる日和佐の重みを受け止めながら考える。

久しぶりに会うなりこれでいいのかとか、もっと健全に過ごすべきじゃないかとか。ぐるぐるしつつも、やっぱり幸福感には逆らえず、くったり預けてしまった体を大きな手のひらは優しく撫で擦る。

そして最初の躊躇いも忘れ、うっとりと恋人である男を見上げたときだ。

千夏史は、目に留まったものにぎょっとなった。

だらしなくボタンのいくつか開いた、日和佐のシャツの胸元に覗いたもの――

「明さん、それ……」

「……え？」

一気に目が覚める。

無意識に低い声が出た。

「……最低」

「は？」

「適当なこと言っても、嘘はつかないと思ってたのに。明さん、やっぱり誰か呼んでたんだ
……酷いよ、もう誰ともしないって言ったくせに」

胸元にちらついて見えるのは、いかがわしい理由でついたとしか思えない痣だ。

「はぁ!? 誰かって、誰だよ？ してないぞ、俺は浮気なんて」

「もういい。どいてよ、出て行ってよ、明さんのバカ！」

渾身の力で押し退けた。事態の今一つ飲み込めていない様子の日和佐を、起き上がった千夏史は追い立てて部屋から出す。

「ちょっ……おい、千夏史！」

呆然としている顔の前でドアを閉じて施錠した。

「……バカ」

以前も見たことがあるから間違いない。朝帰りの女の人とこの部屋で前に鉢合わせたときだって——どんな形や色の痣だったか思い出そうとして、千夏史はぱっと降りてきたみたいに数日前の会話を思い起こした。

試験が終わったら何時頃行くと、携帯電話で話をしていたとき、日和佐が言ったのだ。撮影中にライトスタンドが倒れてきて、胸を打ったとか痣になったとかなんとか。

「あ……」

はっとなって背後を見る。

ドアをノックする音と、訳も判らず追い出されて抗議する男の声。『ごめん、勘違いかも』なんてすぐにドアを開け、続きを再開するには間が抜け過ぎだ。

「まぁ、いいや」

ふと可笑《おか》しくなって、千夏史は笑った。これも日頃の行いが悪かったからだ、なんて気持ちも少しは無きにしも非ず。

ドアの向こうの声を余所に、戻ったベッドのカバーを千夏史は外し始める。

とりあえず、健康的に掃除でもしよう。

ばっと勢いつけて剝いだシーツからは、柔軟剤の『太陽の香り』がまだ微かに漂ってきた気がした。

✦初出　メランコリック・リビドー……………書き下ろし
メランコリック・ステディ……………書き下ろし

砂原糖子先生、ヤマダサクラコ先生へのお便り、本作品に関するご意見、ご感想などは
〒151-0051 東京都渋谷区千駄ヶ谷4-9-7
幻冬舎コミックス　ルチル文庫「メランコリック・リビドー」係まで。

幻冬舎ルチル文庫

メランコリック・リビドー

2009年 4 月20日　第1刷発行
2013年12月20日　第2刷発行

✦著者　砂原糖子　すなはら とうこ

✦発行人　伊藤嘉彦

✦発行元　株式会社 幻冬舎コミックス
〒151-0051 東京都渋谷区千駄ヶ谷4-9-7
電話 03(5411)6432[編集]

✦発売元　株式会社 幻冬舎
〒151-0051 東京都渋谷区千駄ヶ谷4-9-7
電話 03(5411)6222[営業]
振替 00120-8-767643

✦印刷・製本所　中央精版印刷株式会社

✦検印廃止

ISBN978-4-344-81548-3　C0193　Printed in Japan